アーレントの二人の師

レッシングとハイデガー

ハンナ・アーレント
仲正昌樹 訳

Von der Menschlichkeit in finsteren Zeiten
Rede anläßlich der Verleihung des Lessingpreises 1959
Hannah Arendt. Mit einem Essay von Ingeborg Nordmann

* * *

Martin Heidegger at Eighty
Reprinted from The New York Review of Books (October1971),
Translated by Albert Hofstadter.

目次

●本著『アーレントの二人の師』は、情況出版より二〇〇二年刊行された『暗い時代の人間性について』（『Europäische Verlagsanstalt から刊行された同書のドイツ語版には、アーレント研究者であるインゲボルク・ノルトマンの解説が付されており、これも一緒に訳出した）及び、二〇〇一年同じく情況出版から刊行された論文集『ハンナ・アーレントを読む』の中に収録された一編「八〇歳になったハイデッガー」を一冊にまとめたものである。
●再録に当たっては、明らかに誤字脱字と思われる箇所の訂正と、「ハイデッガー」を「ハイデガー」に改めるなど若干表記上の変更を加えた以外は情況出版版のままである。

編集部

暗い時代の人間性について

一九五八年九月二十八日、自由・ハンザ都市
ハンブルクからのレッシング賞の受賞に際して。

Ⅰ 「自己」への逃避と「運動」の自由

自由都市から与えられる名誉、そしてレッシングの名を冠した賞は、たいへんな栄誉（Ehrung）です。正直に言って、自分がどうしてそういう光栄に浴したのか分かりませんし、これに対してどういう態度を取っていいものかとまどっています。そういう次第でありますので、〃功績〃についての難しい問題を度外視してお話することをお許し頂けるかと思います。

この〃功績〃という点から見れば、私たちが他人の功績と能力について評価する場合と同様に自分自身及び自分の功績について評価することはできない、とあっさりと断定してしまう性格が、表彰（Ehrung）には備わっているわけです。その意味で私たちは表彰を通して、謙虚さについての厳しい教訓を与えられる、と言うことができるでしょう。

そうした栄誉＝表彰において、世間＝世界（Welt）が自己の立場を表明するわけですから、私たちがそれをそのまま受け入れ、感謝したとすれば、私たちは、世界に対する自らの態度の自己反省、より詳しく言えば、私たちが互いに語ったり、聞いたりし合っている空間を成立せしめている世界と公共性（Öffentlichkeit）に対する自らの態度についての自己反省抜きで感謝し、受け入れたことになるでしょう。

しかし〝この表彰〟は、特別な、前代未聞の仕方で、私たちに世間に感謝するよう促すだけにとどまりません。それに加えて更に、私たちを世間に対して義務づけるように作用するのです。なぜなら、表彰は世間における私たちの地位を――私たちはいつでも一応それを拒絶することができるわけですから――強化してくれるわけですが、それだけにとどまらず、そうした地位を通して、私たちを世界に対して拘束することになるからです。

人間がそもそも公共圏（Öffentlichkeit）に現われること、そして公共圏が彼を受入れ、認定するということは、決して自明のことではないのです。自らの才能それ自体によって公共性へと押し込まれ、そのため改めて決意して公共圏に参入する必要がないのは天才だけでしょう。

もっぱらこの場合にのみ、表彰は世界との調和＝共鳴（Einklang）をただ続行するだけであり、考察や決意とは無関係に、そしてあらゆる義務とは無関係に、いわば自然現象であるかのように、既に人間社会の中に鳴り響いている主和音を、公共性の全領域にわたって今一度鳴り響かせさえすればいいのです。

実際こうした天才のケースには、レッシングがかつて非常に美しい二行の詩によって、天才的な男について語ったことが当てはまるでしょう。


彼を動かすものが、動かす。

彼に好かれるものが、好かれる。

彼の幸福な趣味が世界の趣味である。


私たちの時代においては、世界に対する私たちの態度ほど疑わしいものはなく、また表彰が私たちをそれに向かって義務づけ、かつその正しさを証明しようとする公共性との調和ほど自明でないものはない、と私には思えます。

私たちの世紀においては、天才的なものでさえ——無論、そのようなものは相変わらず、人間社会の中で独特な共鳴を獲得しているわけですが——世界及びその公共性との対立、矛盾を通してしか、自己を展開できない状態が続いたのです。

しかし世界とそこに居住する人間たちは、同じではありません。世界は人間たちの「間

Zwischen」にあり、（しばしば思われているように、人間たち、あるいは〝人間〟よりもむしろ）その「間」こそが、今日地表のほとんど全ての国において最大の懸念の対象であり、かつ、最も明白な動揺を引き起こす対象になっているのです。世界が依然として半ば正常に機能している(in Ordnung)、あるいは、半ば秩序の中に保たれている（in Ordnung gehalten）としても、公共性は、根源的にその最も独自の本質に属する明るさを喪失してしまいました。

古代の没落以来、西洋世界の諸国においては、政治からの自由が基本的自由の一つとして理解されるようになりましたが、そうした諸国では、この自由を利用して、世界と世界の中での自らの義務から退却しようとする人がますます増えています。こうした世界からの退却は、必ずしも人間を傷つけるわけではありません。それどころかこうした退却を通して、偉大なる才能を天才の域にまで上昇させ、そして回り道をして再び世界に貢献するようになる人もいるのです。

ただし、そうした退却の度ごとに、極めて明白な世界喪失が起こってくるのです。その際に失われていくのは、まさに、こうした人間とその同胞の〝間〟に形成されてきた特有の、そしてたいていの場合置き換えがきかない「間」の空間なのです。

現在の世界情勢の下で、公共圏における表彰と賞与にそもそもどのような意味があるのか考えてみれば、ハンブルク市政府は、市の賞をまさにレッシングの名前と結びつけようと決意したその時に、この問題に対する解答をコロンブスの卵と似た形で見出だしたのではないだろうかと思えてきます。というのもレッシングは、世界と公共圏においていかなる共鳴も見出だすことができなかった――そもそも本人がそれを望んでいたわけでもないのですが――にもかかわらず、彼なりの仕方で常に、世界と公共圏に対して義務を感じていたのです。

そこには、特別でユニークな要因も働いていました。ドイツの公共圏には彼を受け入れる準備がなく、存命中に彼に名誉を与えようとさえしなかったのです。そして彼自身の評価によれば、彼には、世界との幸運で自然な共鳴、業績と幸運の結合――彼もゲーテと同様に、それを天才の徴しと見做していたのです――が欠けていたのです。レッシングは、批評＝批判（Kritik）を通して「天才に極めて近いもの」を獲得することができると思っていました。しかし、批評＝批判だけでは、徳（Virtù）が現れる時に幸運（Fortuna）が微笑むような、世界との自然な同調状態には決して到達できないのです。

こうしたことは充分重要な問題ではあるかもしれませんが、決定的な意味を持っているとは言えません。彼がある時、以下のような決意をしたと考えたらいいかもしれません。

天才、つまり「恵まれた趣味」を持つ男のことは称賛しよう。しかし自分自身は、「世界の賢人」

たち――彼は半分皮肉でそういう言い方をしています――の後を歩んでいこう。賢人たちが「ひとたび目を向ければ、世界の支柱、つまり最もよく知られた諸真理でさえも根底から震撼する」のだから、と。

世界に対する彼の態度は、ポジティヴでもネガティヴでもなく、ラディカルに批判的であり、公共圏に対しては、全面的に革命的でした。しかし彼は世界に対して義務を負っていると感じ続け、決して自らの地盤を離れることはなく、一つのユートピアへの熱狂に通じる法外な要求を掲げることはありませんでした。

レッシングにおいて革命的なものは、一種独特な偏った性格＝党派性（Parteiischkeit）と連結しています。この性格のため、彼は時としてほとんど誇張とも思える厳密さをもって具体的な細部にこだわり、そのためおおくの誤解を受けることになったのです。レッシングの偉大さはとりわけても、決していわゆる客観性（Objektivität）とか即物性（Sachlichkeit）に惑わされて、自分が攻撃あるいは称賛している問題や人々の世界の中での本来の関係性や位置づけを見失わなかったことにあると言えるでしょう。

批評とはそもそも何であるのか理解されておらず、また、正義は通常の意味における客観性とほとんど関係ないことが、他のどの国よりも理解されていないように思えるドイツには、彼にとって極めて不利な状況がありました。

レッシングは、自分が生きている世界の中で、決して平和を得られませんでした。彼の楽しみは、「偏見に対して敢然と立ち向かい」、「優雅な宮廷の賤民たちに真理を語る」ことでした。そして、この楽しみのためにどれだけ多くの犠牲を支払ったとしても、彼にとっては字義通りの意味での楽しみだったのです。

彼自身は、一体どこに「悲劇的な欲求 die tragische Lust」の本質があるのか説明する文脈で、「もっとも不快なものも含めて全ての情念（Leidenschaft）は、情念として心地よい。なぜなら、そうした情念は、私たち自身の存在のリアリティーをより強く意識させるからである」と述べています。

この文は、特殊な仕方で、ギリシアの情動論を思い起させてくれます。ギリシアの情動論においては、例えば怒りは、心地よい情感に数えられていますが、その代わりに、希望が、恐れと共に悪に分類されています。レッシングの場合と全く同様に、この区分はリアリティーの度合いによって決まってくるわけですが、無論それは、情動（Affekt）が魂を揺さ振る強さによって測られるということではありません。情動が、どれだけの現実を魂に伝達するかによって測られるのです。

魂は、恐れの中で現実から退却するのと同様に、希望の中では、現実を飛び越えてしまうのです。しかし怒り、とりわけレッシング的な怒りは、世界を暴露してしまうのです。そして『ミンナ・フォン・バルンハイム』に見られるレッシングの笑いは、世界と和解し、その中で自らの場所を見出だすように働きかけるのです――ただし場所を見出すといっても、笑いながらアイロニー的に、つまり世界に完全に没入しないような形で見出すということです。（それ自体が欲求としての性質を有する）高まったリアリティー意識は、情熱的な世界に開かれた姿勢（Weltoffenheit）と世界愛から生じてきます。

そうした世界に開かれた姿勢と世界愛は、「悲劇的な欲求」に充満されており、たとえ人間が世界によって没落させられたとしても、動揺することはないのです。

アリストテレスの美学と違ってレッシングの美学は、恐れをも同情（Mitleid）の一変種として、つまり、私たちが私たち自身に対して感じる共受苦（Mitleid）として認識しようとするわけですが、そのような見方をすることでレッシングは、恐れによる世界逃亡という側面を相殺しようとしたのではないかと思えます。

つまり、そのように見ることによって彼は恐れを、少なくとも情念（Leidenschaft）として救おうとしたのではないでしょうか。私たちは通常世界の中で他の人間によって様々な情動を引き起こされる(affizieren)わけですが、それと同じ様な仕組みで、〝自己自身〟に触発されて抱く情動(Affekt)の一つとして位置づけることによって、恐れを〝救おう〟としたわけです。

このことと最も密接に関連しているのは、(ハイム[*1]が正しく認識していたように)レッシングにとってポエジー(詩作)とは活動(Handlung)であって、ヘルダーの場合のように力(Kraft)——「私の魂に作用する魔力」——ではなく、またゲーテの場合のように形態化された自然(eine gestaltete Natur)でもないということです。ゲーテは「芸術作品のそれ自体内での完成」を「永遠で、不可欠な要請」と見做したわけですが、レッシングはそうしたことに関心がなく、むしろ彼はポエジーが——この点で彼はアリストテレスと再び全面的に一致するわけですが——いわば世界を代表している聴衆、つまり芸術家あるいは詩人と同胞たちの間の〝共通世界〟として形成されているものを代表＝表象する聴衆に及ぼす作用を重視していたのです。

＊1 Rudolf Haym(1821–1901)ドイツの哲学者、文芸批評家、政治的ジャーナリスト。一八四八年にフランクフルトの国民議会に参加。また、プロイセン州議会の代議員として国民自由党の創設に参加した。一八六〇年にハレで、文学史の教授になる。主要著作『ロマン派』(一八七〇)によって、ドイツ文学研究におけるロマン派研究を基礎づける。哲学においては、ヘーゲルの体系を歴史的条件から解明しようとする。

＊は訳注を示している。以下同様。

レッシングは怒りと笑いの中で世界を体験しました。そして怒りと笑いはその本質からして、党派的です。そのため彼は芸術作品を、それが世界に及ぼす「効果」から独立に、「それ自体として」評価することはできなかったし、またそうしようとも思わなかったのです。また、そのおかげで彼は論争に際して、その都度問題になっている事柄の真偽と関係なく、それが公共圏においてどのように評価されるかに応じて攻撃したり、擁護することができたのです。

あらゆるものから攻撃を受けるような人々を、そっとしておきたい、と彼が言う時、それは単なる気高さの表明ではなく、概して十分な根拠によって反駁されてしまいそうな意見や立場に対してさえも相対的権利を認めようとする——いわば本能と化した——配慮の現れでもあるのです。

そういうわけで彼は、キリスト教との争いにおいても、決して変わることのない不変の態度を取っていたわけではないのです。むしろ彼はかつて、堂々とした自覚をもって以下のように語っています。「誰かがそれを（私に）対して証明しようとムキになればなるほど」、その人物は彼にとって疑わしくなり、そして、「他の人が（私の前で）傲慢で勝ち誇って、あるものを踏みにじろうとすればするほど」、私は「自分の心の中にそのものを保持」しようと思う、というのです。

つまり彼は、全ての人がキリスト教の「真理」をめぐって論争している場面で、何よりもまず世界におけるキリスト教の立場を問題としたのです。今日は、キリスト教が再び支配への要求を掲げるのではないかと心配していたかと思ったら、明日には、キリスト教が世界から全面的に消滅してしまうのではないかと不安になるという具合です。

当時の啓蒙された神学は、「私たちを理性的なキリスト者にするという口実の下に、私たちを最高に非理性的な哲学者に」している、というレッシングの洞察には見事な先見の明が含まれていました。しかしこうした彼の洞察は、単に理性に肩入れする立場から生じてきたものではありません。彼は、自由に肩入れしたのです。自由は、信仰を神の恩寵と見做す人々よりも、「証明によって信仰を強制しようとする」人々によって、はるかに大きな危険に曝されるのです。

更に言えば、彼は世界に肩入れしていたといえるでしょう。彼の見解によれば、宗教及び哲学は世界の中で、それぞれ別の居場所を与えられるべきであり、「分離壁に隔てられて、お互いに妨害し合わないで、それぞれの道を歩んでいく」べきなのです。

レッシングの言う意味での「批判＝批評」は、常に世界の利害の側に立ち、あらゆるものをその都度の自らの世界的立場から把握し、評価する意識であり、決して一つの世界観に通じるようなものではありません。

一つの決まった世界観を取れば、可能なパースペクティヴの一つに固執することになり、世界の中での更なる経験を受けつけなくなってしまいます。私たちにはまさにレッシングのこうした意識を学ぶことが必要だと思えますが、それを学ぶのを困難にしているのは、一八世紀の啓蒙主義あるいは人文主義に対する私たちの不審ではありません。一八世紀ではなく、一九世紀がレッシングと私たちの間に立ちはだかっているのです。

一九世紀が見せる歴史に対する固執とイデオロギーへの傾斜は、私たちの時代の政治思想にも依然として影響を及ぼしており、私たちには、歴史や論理的強制を支えとして利用しないような全く自由な思考には効力がないと見倣す傾向があります。思考が知性と思慮深さだけでなく、とりわけても勇気を要求するということを、私たちはある程度承知しています。しかし私たちにとってそれよりずっと驚嘆すべきなのは、レッシングの世界への肩入れが、全ての書いたり、話したりする人々にとって自明のこととされている無矛盾性さえも世界のために犠牲にする域にまで達している、ということでしょう。従って彼は、全くもって真剣に、以下のように言明します。

「私は、私が作り出している全ての困難を解消する義務を負っているわけではない。私の思想は次第にまとまりが悪くなっていき、とどのつまり、自己矛盾しているようにさえ見えるかもしれないが、それは読者が自分で考える素材を見出だせるための思考の材料なのである」

彼は、自分が誰からも強制されることを望まなかっただけではなく、自分自身も暴力によるのであれ立証によるのであれ、他人を強制することを望まなかったのです。そして彼は、理性を酷使する論議や、強制的な論証によって思考を支配しようとする人々の圧制を、正統性の主張よりも自由にとって危険であると見ていました。

彼は自分自身を強制しようとせず、歴史の中に矛盾のない体系を構築することで自らのアイデンティティーを確立する代わりに、いわば「認識の酵素（Fermenta cognitionis）に他ならないもの」を世界にばらまこうとしたのでした。

そういうわけで有名なレッシングの自立的思考（Selbstdenken）は、決して自己の内で統一され、完結している個人、つまり、有機的に成長し、形成されてきた個人による——世界のどこに自らの発展に一番好都合な場所があるのか周囲を見回し、そうした思考の回り道を経て自己と世界を調和させていくような——営みではありませんでした。

レッシングにとって、思考とは人間の内から立ち上がってくるものではなく、また思考の中で自己（Selbst）が現れてくるわけでもありません。人間——レッシングによれば人間とは、理性を働かせるためではなく、活動するために創造された存在です——は、そうした思考へと決意するわけですが、それは人間が思考の中で、世界の中で自由に運動するためのやり方を最終的に見出すからです。

自由という言葉を聞いた時に思い浮かんでくる全ての特殊な自由の中でも、運動の自由は歴史的に最も古いものであるばかりではなく、最も基礎的なものでもあるのです。自分の行きたいところに出発することができるということは、自由な存在（Freisein）の最も根源的な身振りだったのです。またその逆に、古より運動の自由の制約こそが奴隷化の前提条件になっていたのです。

世界の中で人々が最初に自由を経験する「活動」にとっても、運動の自由は不可欠の条件です。共働（Zusammnehandeln）によって構成され、出来事と物語＝歴史によって満たされた世界空間が人間たちから奪われた時、彼らが思考の自由へと退却するのは、当然のことながら非常に古くから見られる現象です。そうした一種の退却現象は、レッシングにも見られます。

このような世界の中での奴隷化を回避するための、思考の自由への退却が話題になる際、当然のことながら、ストア派のモデルが思い浮かんできます。なぜなら、それが歴史的に最も効果的なモデルだからです。しかし厳密に理解すれば、このモデルは、活動から思考への退却というよりは、むしろ世界から自らの自己（das eigene Selbst）への逃避を指しているというべきでしょう。この自己は、外界からの独立性を保って自立的に振る舞うものと期待されているわけです。

こうした〝自己への逃避〟は、レッシングの場合問題になりません。レッシングは思考へと退却しましたが、それは決して自らの自己への退却ではありません。そして、彼にとって活動と思考の秘密の同盟があったとすれば（私は実際それがあったと信じていますが、証明することはできません）、その本質は、活動と思考のいずれも運動という形態で進行すること、またそれゆえ両者の基盤になっている自由が運動の自由であることにある、といえるでしょう。

レッシングは、活動が思考によって置き換えられるとは思っていなかったでしょうし、思考の自由が活動に固有な自由の代替物になり得ると思ったことさえないでしょう。彼は、自分が当時ヨーロッパで「最も奴隷的な」国に住んでいることを知っていました。そうした国では、「宗教に抗して、思う存分暴言をはいて受けを狙うこと」は充分可能でしたが、「臣下としての権利のために……搾取と圧制に抗して声を挙げる」こと、すなわち活動することは不可能だったのです。

彼の自立的思考と活動を結びつけていた秘密の関係の本質は、自らの思考を決して結果に結びつけなかったこと、更に言えば、思考自体によって作り出された困難の最終的解決としての〝結果〟をはっきりと放棄したことにありました。彼の思考は真理を犠牲にするわけですが、それは、いかなる真理であれ、真理は純粋活動としての思考を必然的に静止させてしまうからです。レッシングが世界にまき散らした認識の酵素は、いかなる認識も伝達することがなく、他者を自立的思考へと刺激するわけですが、その目的とは、思考する者たち同士の間での会話を進行させることに他ならなかったのです。

レッシング的な思考は、自己自身との対話ではなく、他者との会話の先取りです。そしてまさにそれゆえに、彼の思考は論争的であるのです。しかしたとえ彼が他者の自立的思考との会話を始動させ、それによって他の全ての能力を麻痺させるように見える〝孤独〟を逃れることに成功したとしても、だからといって、今や全てが最高の秩序の内にあるとして自分をごまかすようなことはしなかったでしょう。

秩序に収まることがなく、またいかなる対話、いかなる自立的思考によっても秩序に回収できないもの、それが世界だったのです。世界とは、人間の〝間〟に生じてくるものであり、その中では各自が生来持ち合わせているものが可視的になり、聞き取ることができるようになるのです。

私たちをレッシングの生きた時代から隔てている二百年の間に、この点で多くの変化がありましたが、良い方への変化はほぼ皆無です。(彼が作り出したメタファーを使って言えば)「最もよく知られた真理の支柱」は当時既に動揺していましたが、今日では完全に地に墜ちており、もはやそれを動揺させるのに、いかなる批判も賢者も必要ではないのです。私たちがまさにそうした支柱の瓦礫野にいることを認識するには、目を閉じさえしなければいいのです。

ある意味でこうした状況は、支柱も松葉杖もなく、いわば伝統の手摺なしに自由に運動する思考にとっては利点であるかもしれません。しかし世界の中で、この利点を喜ぶのは困難です。というのも、真理の支柱は世界的・政治的秩序の支柱でもあり、そして世界は――その中に居住し、その中で自由に運動する人間たちとは違って――永続性と耐久性を保証するためにこうした支柱を必要としていることが、かなり前から明らかになっているからです。

そうした永続性と耐久性がなければ、世界は死すべき人間たちに対して、彼らが必要とする、相対的に安定し相対的に不朽の故郷を提供することはできないのです。一人の人間が思考を放棄して、〝結果〟に、つまり既知あるいは未知の真理に身を委ね、それらをあたかも全ての経験を測るための貨幣であるかのごとく扱えば、その度合いに応じて彼の生き生きした人間性が失われていく、といえるでしょう。

しかし世界については、事態はその全く逆です。世界がもはやいかなる永続性もない運動の中に引き摺り込まれる時、世界は非人間的で、死すべきものである人間の要求に応えられないものになってしまうでしょう。

そういうわけでフランス革命の大失敗以来、人々は、既にこの革命当時倒壊した古い支柱を、それらが再び動揺し、改めて倒壊するのを眺めるべく、何度も繰り返し再建してきたのです。「最もよく知られた真理」に代わって、最も恐るべき誤った教理が打ち立てられましたが、こうした教理が掲げる誤りが、古い真理を証明し、新しい支柱になったわけではありません。

そういうわけで政治的なものにおいては、復古は決して、必要とされている新たな創設(Neugründung)の代替物になり得ないのです。せいぜい、新しい創設が成功しない時に、不可避になる緊急措置にすぎないのです。しかし同様に不可避であるのは、そうした情勢において は復古がかなり長い期間にわたった場合、世界と公共圏に対する人間の不信が次第に増大していくことです。

当然のことながら、こうした何度も復古した公共的秩序の支えの壊れやすさは、崩壊の都度ますます鮮明になっていき、最終的に公共圏で、本音ではもうほとんど誰も信じていない「最もよく知られた真理」が、万人にとっての〝自明の理〟として無造作に前提されるようになるのです。

II 「暗い時代」の人間本性

歴史の中には、公共性の空間が暗くなり、世界の永続性が疑わしくなって、その結果、人間たちが、自らの生活の利益と私的自由を適切に考慮に入れてくれることしか政治に求めないことが当たり前になってしまう時代があります。そのような時代を「暗い時代 finstere Zeiten」（ブレヒト）と呼ぶことには一定の正当性があるでしょう。

そうした時代に生き、そうした時代に教育を受けた人々は、恐らく常に世界とその公共圏にあまり関心を持たず、できる限りそれらを無視しようとします。あたかもそれらは人間が身を隠すための衝立にすぎないかのように、それらを飛び越えて、その〝背後〟で、お互いの〝間〟に横たわる世界を無視して、互いに理解し合いたいという気になるでしょう。

そのような時代には、うまく行けば、一種独特な人間性が発展するかもしれません。その可能性を正しく評価するには、『賢者ナタン』について考えてみれば十分でしょう。

この作品の本来のテーマである「人間であれば十分である」が芝居の流れ全体を貫いています。ライトモチーフとして作品全体に鳴り響いている「我が友人たれ！」というアピールもこのテーマに対応しています。そうした人間性をテーマとしている『魔笛』についても、同様なことが言えるでしょう。

この歌劇に現われている人間性（Humanität）は、これまで人間という種族を分割してきた国民、民族、人種、宗教の多様性の背後にある統一的な人間本性＝自然をめぐる一八世紀の平均的な諸理論よりも、深い次元に設定されています。そうした人間本性があるとすれば、それは自然現象であるわけですから、それに対応する振る舞いを人間的と名づけることは、人間的振る舞いと自然な振る舞いは同一であると前提することになるでしょう。

一八世紀においてこうした人間性を提唱した最大の、歴史的に最も強い影響を及ぼした代表者はルソーでした。彼にとって、全ての人間に共通の人間本性は、理性の内ではなく、同情の内に、彼の表現によれば、同胞が苦しんでいるのを見た時に生じてくる本能的な痛みの内に現われるのです。

レッシングも、最も受苦している人間が最良の人間であると考えている点で、ルソーと注目すべき一致を示しています。しかしルソーが同情の——レッシングが強調しているように、悪人に対しても「同情に近いもの」を感じることに象徴される——平等主義的な性格に煩わされることがなく、それゆえ、彼の名がよく引き合いに出されたフランス革命において主張されるような意味での「博愛＝兄弟愛（親愛）fraternité ＝ Brüderlichkeit」の中での人間性の実現を全面的に待望したのとは異なって、レッシングは、平等主義的な同情ではなく、選別主義的な性質を有する友情（Freundschaft）を、その中でのみ人間性が証明される中心的な現象と見ていたのです。

こうしたレッシングの友情の概念とその政治的重要性について語る前に、私たちは一八世紀が理解していた意味における兄弟愛を少し話題にする必要があるでしょう。ここで兄弟愛を話題にする必要があるのは、単にレッシングが、人間への兄弟愛的な傾向、つまり人間が「非人間的に」扱われる世界に対する憎しみから生じてくる「博愛的な感受性 philanthropische Empfindung」について語っているという意味で、兄弟愛をよく理解していたからではありません。

「暗い時代」においては、そうした兄弟愛の中でこそ、人間性（Menschlichkeit）が実際最も頻繁に現われ、証明されるのです。暗い時代が特定の人間集団にとってあまりにも陰鬱になり、もはや認識や自由な決定によらなくても世界から退却せざるを得なくなれば、こうした種類の人間性の現れが不可避になるでしょう。

あらゆる迫害される民族、あらゆる奴隷化された人間集団において、兄弟愛という意味での人間性を歴史的に記述可能、固定化可能な現象として見出だすことができます。

一八世紀のヨーロッパでは、ユダヤ人においてそれが現れているのではないかと思えるのは至極当然のことでした。こうした人間性はパリアの民[*2]の大いなる特権です。こうした人間性こそ、この世界におけるパリアが、あらゆる状況下で常に他の何人にも先んじて所有し得る利点であるのです。

そしてこの特権は、彼らにとって非常に高い代価を伴いました。その代価というのは、しばしばラディカルなまでの世界喪失、私たちが世界と向き合うために用いるあらゆる器官――その中には、私たちが共通世界の中で自らを方向づける共通感覚＝常識（Gemeinsinn）から始まって、健全な人間的悟性、私たちが世界を愛する美の感覚あるいは趣味なども含まれます――のあまりにも恐るべき矮小化という形を取ります。

パリア状態が何世紀にもわたって続くような極端なケースでは、本当の無世界性（Weltlosigkeit）が浮上してくるかもしれません。そうした無世界性は、残念ながら、常に野蛮の一形態なのです。

このようにして、いわば〝自然に〟こうした人間性が育ってくるわけですが、そうした場面では、迫害の圧力の下で迫害された者たちがあまりに身を寄せ合いすぎた結果、私たちが世界と名づけている〝間〟の空間——無論、迫害の以前には彼らの間に〝間の空間〟が成立し、彼らを互いに引き離していたわけですが——があっさり消失してしまったかのような様相を呈しています。

そこでは、人間関係の暖かさが容易に生じてきて、そのような人間集団と経験を共にした人々を、まるで物理的現象のように引きつけるのです。無論、迫害された民のこうした暖かさが重要な事柄ではない、などということではありません。こうした暖かさは全面的に展開すれば、時として、通常では人間にはほとんど到達し得ない善意に至る可能性があります。またここには、しばしば生命力（Vitalität）が宿ります。

それは、ただ生き生きしていられることへの喜びであり、世俗＝世界的に言えば、卑しめら

＊2　南部インド社会におけるカーストの四姓に属さない最下層の民。不可触賤民。マックス・ウェーバーは、社会的に軽蔑され、経済的・政治的に不利な立場に置かれ、社会的に隔離されている集団をこう呼んでいる。

れ、侮辱された者たちのもとで初めて完全な権利が認められるということなのです。しかしここで忘れてならないのは、このような雰囲気が魅力と強さを発揮しているのは、この世界のパリアたちが、世界にたいする配慮という重荷を免除されるというおおいなる特権を享受しているおかげであるということです。

太古より人間の政治的領域を特徴づけてきた自由と平等に、フランス革命が新たにつけ加えた兄弟愛＝博愛は、一八世紀が「不幸な人々 les malheureux」、一九世紀が「惨めな人々 les misérables」と名づけた、抑圧され迫害される人々、搾取され、貶められた人々の生活領域に自然な形で定着していました。

文脈は極めて異なっていますが、レッシングとルソーの双方にとって、同情（Mitleid）は、全ての人間に共通の人間本性を発見し、確証するうえで際立って重要な役割を果たしており、また、ロベスピエールにおいて革命の中心的なモチーフとなるに至ったのです。それ以来、同情はヨーロッパの諸革命の歴史にとって不可分かつ無視することのできない要因になりました。

今や同情は、自然・生物的な情動であり、正常に形成された人間であれば、たとえ相手が自分にとって最も異質な者であっても、その苦しんでいる姿を見れば、否応なくこの情動に捕らわれてしまうのです。そういうわけで、全ての人間が本当に兄弟になる人間社会を樹立すべく、全人類へと拡張していこうとする感情の基礎にこの情動を据えようとする考えが強く出てきます。

革命的な意識を持った一八世紀のヒューマニティー（Humanität）は、同情を通して、不幸と貧困との連帯を形成しようとしました。言ってみれば、兄弟愛が宿っている領域へ浸透しようとしたのです。

しかしながら、こうした、その最も純粋な特徴がパリアとしての特権であるようなタイプのヒューマニティーは伝達不可能であり、そうした集団に属さない人達にとっては、同情によって修得できるものではなく、苦しみを分かち合うこと（Mitleiden）によってさえ到達不可能であることがすぐに明らかになりました。

万人にとっての正義を樹立する代わりに、不幸な人々をより幸福にしようとする〝同情〟が、近代の諸革命にもたらした弊害については、ここで詳細に論じることはできません。

ただ、私たち自身から、そして近代的な感情の在り方からほんの少し距離を取ってこの問題を考えるために、政治的なものに関してはあらゆる面で私たちより多くの経験を積んでいた古代世界が、同情と兄弟愛に基づくヒューマニティーをどう評価していたか短く想起することはお許し頂けるでしょう。

ある一点において、近代と古代は一致していると言えます。それは両者とも、同情を、例えば恐れと同じ様に人間にとって避け得ない全く自然＝当然なものと見ているという点です。だからこそ、同情に対する基本的見解において、同情を高く評価する近代とは全く逆の立場を古代が取っているのが、極めて印象的に思えるのです。

古代においては、最も同情しやすい人間（der mitleidigste Mensch）は、最も恐れを抱きやすい人間と同様に、最良の人間と呼ばれるに相応しくない人間でした。古代は、同情が極めて情緒的（affektiv）なものであることを知っていたのです。恐れに襲われた時と同様に、同情に襲われた時、人はそれに抵抗することができなくなります。純粋に甘受する（Erleiden）性格を有する同情（Mitleid）と恐れは、活動を不可能にしてしまうのです。

だからこそアリストテレスは、同情と恐れを一緒に扱っているのです。ただし彼は、まるで異なる者の苦しみ（fremdes Leid）が私たちの内に私たち自身にとっての恐れを引き起こすかのように、同情を恐れに還元したり、あるいはその逆に、恐れの中で自分自身に同情するようになるかのように、恐れを同情に還元してしまうのは、全く見当はずれだとしているわけですが。私たちにとって更に驚くべきは、ストア派は同情と妬みを同じレベルに置いている、とキケロが述べていることです[*3]。他人の不幸に苦しみ（Leiden）を感じる人は、他人の幸福に対しても苦しみを感じるというのです。

同じ文脈でキケロが立てている、以下の問いは問題の核心にかなり近づいています。「私たちは助けるべきところで、助ける代わりに嘆いてしまう。私たちは、同情に捕らわれ、同情に触発されない限り、人を助けることはできないのだろうか？」[*4] 別の言葉で言えば、人間というものは、同情を伴わない限り、つまり、自分自身が苦痛を共にすること（Mit-leiden）によって攻め立てられ、強制されることがない限り、人間的に振る舞うことができないほど惨めな存在なのか、ということです。

こうした情動の評価に際しては、事実上あらゆる意味での人間性の前提条件である無私性（Selbstlosigkeit）についての問い、より適切な言い方をすれば、他者に対して開かれた態度＝開放性（Offenheit）についての問いを立てざるを得ないでしょう。この開放性という点では、喜びの分かち合い（Mitfreude）が、苦しみの分かち合い＝同情（Mitleiden）よりもはるかにすぐれているのは明らかだと思われます。

＊3　Cf.Tusculanae Disputationes Ⅲ 21
＊4　Cf.ibid. Ⅳ 56

喜びは会話好きですが、苦しみはそうではありません。そして真に人間的な会話は、他者に対する喜び、そして他者の語ることに対する喜びに全面的に満たされている点で単なる討論とは異なっています。いわば喜びというトーンに音色を合わせているのです。

こうした喜びを不可能にしているのは、ヒューマニティーの世界における最大の悪徳である妬みです。ただし、同情の本当の反対項は、同情と同様に情動であり、本来なら痛みが感じられるところで快楽を感じてしまう倒錯的な性質を持っている残酷さです。

ここで決定的に重要なのは、あらゆる自然的・生物的なものがそうであるように、快楽と痛みは沈黙に向かって行く傾向があり、たとえトーン＝音を発することがあっても、言語も会話も生み出さないということです。

こうしたこと全ては、兄弟愛に基づく人間性は貶められ、侮辱される者たちの同胞ではなく、同情を通してしかそうした人間性に参与できない者には、基本的に修得不可能である、ということの言い換えにすぎません。

パリアの民が享受している暖かさへの権利は、彼らと連帯している人々にまでは拡張されないのです。彼らは、世界においてパリアの民とは異なった位置にあるため、世界に対して義務を負っており、パリアの人々と無邪気さを共有することが許されないのです。

しかし「暗い時代」においては、パリアたちにとって光の代わりになっている暖かさが、あるがままの世界を恥じ、不可視性の中に逃げ込もうとしている全ての人にとって、大きな魅力になるのはたしかでしょう。そして、そうした不可視性の中では、つまり可視的な世界をもはや見ないですむように人々が身を隠す闇の中では、当然のことながら、互いに身を寄せ合っている人間たちの間に生じる暖かさと兄弟愛だけが、不気味なまでの現実喪失感を補償することができるのです。

また、こうした暖かさと兄弟愛のおかげで、人間たちが絶対的に無世界状態になり、共通世界と無関係に自己を発展させているところでも、人間関係を想定することができるのです。

こうした無世界・現実喪失状態の中では、人間たちにとって共通なのは〝世界〟ではなく、様々に解釈され得る人間本性（Menschennatur）ではないのかという考え方が浮上してきます――その場合、全ての人間に同等の理性に力点を置くか、それとも例えば同情のように万人に共通の感受性に力点を置くかは大した違いではありません。

一八世紀の合理主義と感傷主義は同じ事柄の二つの側面であり、両者とも、全ての人間と兄弟のように結合していると感じる熱狂的な横溢に至る可能性がありました。いずれにしても、この合理性とこの感受性は、共通の可視的な世界の喪失を補償するための――不可視のものの内に局所化された――内面的な代替物にすぎなかったのです。

　このような人間本性とそれに対応する人間性はもっぱら闇の中で顕在化し、そのため世界の中で確認することは不可能です。しかしそれだけに留まらず、可視的な状態に置かれると、幻影のように無へと消え入ってしまうのです。貶められ、侮辱された人々の人間性は、解放の時を一瞬たりとも耐えられないのです。

　このことは、人間性が無であるということを意味するわけではありません。実際、人間性は貶めを耐えることを可能にするのです。ただしそうした人間性が、政治的には全く無意味であるのはたしかです。

III 「内的移住」の限界

「暗い時代」における正しい振る舞いについてのこのような種類の問いは、当然のことながら、私の属する世代や人間集団にとってかなり馴染みになっています。

こうした表彰が求めている世界との一致は、私たちの時代、当時の世界情勢の下ではいずれにせよ自明のことではなかったわけですが、現在の私たちにとっては尚更そうでしょう。私たちのような人間にとって、表彰は確かに夢にも思いつかなかったことでした。

私たちが、世間の開かれた態度＝世界の開示性（Weltoffenheit）、偏見のなさ、世界が好意で与えてくれるものを感謝してあっさり受け入れられなくなっているとしても、驚くべきことではありません。私たちのなかで、語ることや書くことを通して敢えて公共圏へと乗り出した人たちも、公共的なものに対する根源的な欲求からそうしたわけではなく、公共圏から認められることなど期待していなかったはずです。彼らの念頭にあったのはむしろ、公共圏においてもひたすら〝人間的〟に振る舞うということでしょう——実際にはそうすることはできなかったわけですが。

いずれにせよ彼らは、公共圏でも友人の方ばかり向き、そしてもっぱら——書いたり、語ったりする人なら必然的に自分と兄弟関係にあると思っているはずの——未知の、ばらばらに存在する読者かつ聞き手に話しかけようとする傾向がありました。

彼らは世界に対してほんのわずかの義務しか感じておらず、世界に向かって努力することはほとんどありませんでした。むしろ非人間的になった世界で、人間性らしきものを保持しつつ、同時に、可能な限り、純粋な人間性が示す不気味なまでの現実喪失状態に抵抗しようとする希望に導かれていました。

彼らは、それぞれ自分の仕方でそうした道を歩んでいきました。彼らの内の少数の人たちは、非人間的なものをも理解し、恐ろしいものを表象の中で可能な限り再構成することを通してそれを試みたのです。

私は、自分自身が比較的若い年齢でドイツから追い出されたユダヤ人の集団に属することを、強調したいと思います。それは、人間性について語る時に、あまりにも容易に生じてくるある種の誤解を未然に防ぎたいからです。この文脈で、私が長年にわたって、「君は誰だ？」という問いに対しては、「ユダヤ人です」というのが唯一の適切な答えであると考えてきたことを告白すべきでしょう。

この答えだけが、迫害されているという現実を反映していたからです。「もっと近くに来い、ユダヤ人」という命令に対して、ナタンのように「私は人間です」と答えるような態度——実際にそのように表現するかということではなく、そのような姿勢を見せるということです——は、グロテスクで、危険な現実回避に他ならないと思っていました。

あと、もう一つのありがちな誤解を避けるために言っておきましょう。私は、「ユダヤ人」という言葉を使う時、あたかもユダヤ人の運命が人類の運命の代表あるいは範例であるかのように、人間存在としての卓越した在り方のようなものを暗示するつもりはありません（ナチス支配の最終段階におけるイデオロギー的な歪みがなかったら、このようにユダヤ人の存在を特別視する見方は正当化され得なかったでしょう。つまりこの時期に、全体主義支配の下での人種主義的絶滅プロセスを始動させ、進行させていくために、ユダヤ人の存在と彼らに向けられた反ユダヤ主義が利用されたということが背景にあるわけです。ただここで確認しておく必要があるのは、ナチス運動は当初から全体性に向かう傾向を持っていたものの、一九三三年以降の第三帝国の支配は、最初の内は、決して全体主義的ではなかった、ということです)。

また、「ユダヤ人」という言葉で、歴史的に重荷を負わされてきた、あるいは、特殊な現実のことを言おうとしているわけでは毛頭ありません。私はもっぱら、一つのグループへの帰属性が押しつけられ、その中で個人的アイデンティティーも規定され、匿名的なもの、名前なきものに解消されてしまうような政治の現実を分析しているのです。それに加えて今日では、こういう態度はポーズだという印象を与えるでしょう。

したがって今日的な視点から見れば、そういう態度を取った人々は、人間性という点で特別に進んでいたわけではなく、むしろヒトラーに惑わされ、彼らなりの仕方でヒトラーの影響に屈したということが容易に理解できるでしょう。残念ながらここでは、それ自体としては極めて単純でありながら、恥ずべき迫害の時代には理解しにくかった原則が当てはまります。

つまり、人は常に攻撃される者としてのみ抵抗することができるという原則です。自らに敵対する世界によるそうした同一化作用を拒絶する人たちは、自分が世界に対して素晴らしく優越していると感じるかもしれません。しかしそうした優越性は現実にはもはやこの世界のものではなく、いずれにせよ、雲・カッコウの里[*5]における夢想の優越性にすぎないのです。

このように私が自分の考察の個人的背景を赤裸々に語ってしまうと、ユダヤ人の運命をうわさてしか知らない人たちは、私がある学派＝学校（Schule）――つまり彼らが通ったことがなく、授業を受けたことのない学校――の教えに基づいて、自分たちとは関係のない話しをしていると思ってしまうかもしれません。

しかしドイツでは同じ時期に、「内的移住 innere Emigration」と呼ばれる現象がありました。これを経験した人であれば、私が言及した問題との単に形式的・構造的に類似しているに留まらない、一連の問題や対立関係があったことを再認識できるでしょう。

既にその名前が暗示しているように、「内的移住」は極めて独特な、両義的現象です。それは一方で、ドイツ国内にありながら、もはやこの国に属するものではなく、国外移住者であるかのように振る舞うことを意味しますが、同時に他方では、現実には国外移住などしておらず、内面（ein Inneres）へ、つまり思考と感情の不可視性へ引きこもったということを意味していきます。こうした移住の形態、つまり世界から内面への移住がドイツにしかなかったと思うのは誤りであり、同様に、それが第三帝国の終焉と共に終焉したと考えるのも誤りです。

＊5 Nephelokokkugia ギリシアの喜劇作家アリストファネスの作品「鳥」に出てくる、神を人類から引き離すため鳥たちが建てた町。夢想の国を象徴する語として用いられる。

ただあの最も暗い時代に、堪え難いように見える現実に直面して、世界と公共圏を飛び越えて内的生活へと逃げ込みたい、あるいは、「そうあるべき」、あるいは〝かつてそうであった〟想像的世界に依拠することで、現実の世界を無視してしまおうとする誘惑が内外で強まっていたのはたしかです。

最近ドイツにおいて、残念ながらあまりにも拡大しており、様々な角度から議論されている問題があります。一九三三年から一九四五年にかけての年月は全くなかったかのように、ドイツ及びヨーロッパの歴史の、従って世界史のこれに関連する部分を安心して教科書から消してしまえるかのように、全ては「ネガティヴなもの」を忘れ、恐れるべきものを感傷的なものへと変造することにかかっているかのように振る舞う傾向です（アンネ・フランクの日記が世界的成功を収めたことは、そうした傾向がドイツに限定されるわけではないことをはっきり示しています）。

また国境から数キロメートル離れたところではあらゆる学童が知っていることを、ドイツの若者たちに隠してきたというグロテスクな状況があります。こうしたこと全ての背後には、当然のことながら、どうしようもない困惑が隠されているのです。

現実にあったことに事後的にしか出会えないというこの困惑状況は、内的移住の直接的な遺産であるといっていいかもしれません。内的移住は疑いの余地なくかなりの部分、あるいはより直接的な意味において、ヒトラー支配、つまり組織化された罪の帰結であるといえるでしょう。ナチスはこの罪に、内的移住者も確信的党員も、あるいは心を決めかねていた同調者も含めて、ドイツ領域の全住民を巻き込んだのです。連合国はそうした事態を、集合的罪(Kollektivschuld)という不吉なテーゼの形で、そのまま定式化してしまったのです。

過去の問いをめぐる会話の中でドイツ人が見せる——局外者の目から見ても非常に目立ってしまう——根深い非歴史性の原因は、こういうところにあるのです。こうした状況下で一つの道を見出だすことの困難さは、過去は依然として克服されていないといういうありふれた常套句、そして、まず最初に「過去の克服」に取り組まねばならないというまさに〝善意〟の人が抱く確信に、恐らく最もはっきり表われているといえるでしょう。

そうした取り組み方は、恐らくいかなる過去についても不可能でしょうし、特に、この過去については不可能であると断言できます。人がなし得ることはせいぜい、それが果たして何であったのか正確に知り、その事実に耐えること、そしてそこから帰結してくるものをじっくり見すえて、待つことです。

このことは、もう一つの、これほど重くはない過去の例を使えばうまく説明できるかもしれません。第一次大戦後、私たちはこの戦争に関する多種多様な記述の洪水の中で、過去の克服を体験しました。そしてこれは、当然、ドイツだけではなく、全ての戦争当事国で起こったことです。にもかかわらず、「そうか、そうだったんだ！」と言うことができるほど出来事の内的真実を透徹に現象化させた文学作品が現われるまでに、四十年近くかかりました。

ただしこの長編小説、つまりウィリアム・フォークナーの「富話 Legende = A Fable」[*6]ではあまりにもわずかな記述しかなく、更に説明となると一層乏しく、全く何も「克服されて」いません。その結末＝目的（Ende）は読者が共に流す涙です。それを越えてさらに残るのは、私たちを動揺させて、この戦争のようなものが起こったという事実を受け止められるような心境にさせる「悲劇的効果」もしくは「悲劇的快楽」です。

私がことさら悲劇という形式に言及するのは、この形式が、認識のプロセスを表現するうえで他のいかなる文学形式よりもすぐれているからです。悲劇の英雄は、為されたこと（das Getane）を今一度、堪え忍び＝受苦（Erleiden）という形で追経験することを通して知る者となり、そしてこの「パトス」、つまり行為されたこと（das Gehandelte）の受苦を通して初めて、行為の織りなす編み物が出来事（das Geschehen）になるのです。

悲劇の中では、行為＝活動（das Handeln）から受苦への急変が現れ、それが文芸用語で、急転（Peripetie）と呼ばれるものの本質なのです。しかし、悲劇的でない筋の運び＝活動経過

(Handlungsablauf) も、回顧的かつ認識的な想起の中で、受苦という形式を通して追体験されれば、真の出来事になるのです。

そのような想起は、私たちを行為へとかき立てている憤激、正当な怒りが沈黙した時に初めて、語るようになるのです。そしてそれには時間がかかります。私たちは過去をなかったことにできないのと同様に、過去を克服することもできません。しかし過去を受け止めることはできます。そのための形式が嘆きであり、それはあらゆる種類の想起から立ち上がってきます。それについては、かつてゲーテが以下のように述べています。

痛みは新しくなる、生の嘆きは
迷路のごとく、誤った道程を繰り返す。

繰り返される嘆きによる悲劇的な動揺は、全ての活動の基本要素の一つに影響を及ぼします。

＊6　一九五四年に刊行されたフォークナーの長編小説。第一次大戦末期に反戦のために反乱を起こした伍長と、彼に従った十二人の兵士の運命が、様々なエピソードを交えながら描かれている。

それは活動の意義（Sinn）と、歴史に組み込まれ、残留する意味（Bedeutung）を確定するのです。活動に固有のその他の要素——なかでも特に、予め設定されていた目標、推進力を発揮するモチーフ、指導的原理など、活動の過程の中で可視的になってくる全てのもの——とは違って、なされた活動（ein Gehandeltes）の意義は、活動自体が結末に至り、歴史＝物語（Geschichte）として語られ得るようになって初めて現われてくるのです。

そもそも過去の「克服」があるとすれば、それは、生じたことの再現的な語り（Nacherzählen）の内にあるはずです。しかしこうした歴史を形づくる再現的な語りも問題を解決するわけではなく、また苦しみを和らげるわけではなく、何も最終的に克服するわけではないのです。そうした語りはむしろ、歴史の意義が生き生きし続けている——そうした意義は、かなり長期にわたって生き続けることが可能です——限り、繰り返し反復される物語を喚起するのです。

極めて一般的な意味における詩人、そして極めて特殊な意味における歴史記述者は、そうした物語を始動させ、その中で私たちを誘う使命を帯びているのです。そして概して詩人でも歴史家でもない私たちも、私たち自身の生活経験からこうした語りを通して進行している事態を、非常によく知っています。

私たちも自分の生活経験の中で、自分の人生において一定の役割を果たしているものを再現的に、あるいは予期的に物語ること（nach-und vorerzählen）を通して、記憶に呼び戻す必要があります。これを通して私たちは絶えず一つの人間的可能性として、詩作（Dichten）を準備しているのです。

いわば、それが一人の人間のどこかを突き破って噴出してくることを絶えず待ち受けているのです。それが噴出してきた時、想起する物語はようやく静止し、暫定的に完成した物語は一つの物として、他の世界物（Weltding）と並ぶ一つの世界物として、世界の財産目録につけ加えられるのです。詩人、あるいは歴史家による物象化を通して、歴史（Geschichte）の語り（Erzählung）は、永続性と耐久性を得るのです。それによって歴史が——多くの物語（Geschichte）の中の一つの物語として——私たちの生を越えて生き延びていく世界の中に、組み込まれることが可能になるのです。

このような諸歴史＝物語から全く分離された意義というものはありません。そして私たちはこのことを、私たち自身の詩的ではない生活経験から知っています。そうした役割に関して言えば、いかなる生活の知恵、いかなる分析、いかなる結果、いかなるより意味深遠なアフォリズムも、透徹性と意味の充溢という点で、正しく語られた歴史には適わないのです。

このような話し方をしていると、私が本来のテーマから外れているのではないか、と思っていらっしゃるかもしれませんね。私が問題にしているのは、〝人間性〟を決まり文句あるいは幻影にしないためには、非人間的になった世界の中で、どれだけの現実を確保しなければならないかということです。別の言い方をすれば、世界から追い出されている、もしくは世界から退却しているような場合、私たちはどの程度の義務を依然として世界に対して負っているのかということです。

当然のことながら、内的移住や、世界から隠蔽性への逃避、公共性から匿名性への逃避が——それが文字通り実行されているのであり、かつ、誰もがやっていることを自分も内的留保をつけながらやる際に自分を責めないですませるための単なる口実でないとすれば——単に正当化され得る態度の内の一つなどではなく、むしろ多くのケースにおいて唯一可能な態度であった、などと主張するつもりは毛頭ありません。

無力感が支配する暗い時代において世界逃亡することは、現実が無視されることなく、〝回避されているもの〟として恒常的な現前性=現在（ständige Präsenz）の内に保存されることになるのであれば、常に正当化され得るのです。人々がこのように振る舞うのであれば、私的なものは、たとえ無力であっても、決して無意味でない現実を獲得することができるのです。ただし、この現実（Wirklichkeit）の実在性（Realitätscharakter）は内面性にあるわけではなく、また私的なものそれ自体から派生するわけでもなく、ついさっき回避したばかりの世界から生じるものであることははっきり認識せねばなりません。

人は、自らが常に逃亡中であり、逃亡こそが、世界が自己を表明する現実であることを知らねばなりません。そうした世界逃亡の本来の力は、迫害から生じてくるのであり、従って逃亡している人々の個人的＝人格的な強さは、迫害と危険が大きくなればなるほど成長していくのです。*7

それと共に、そのような実存が持つ政治的意味の限界を——たとえそうした実存が純粋に保たれたとしても——見過ごしてはなりません。限界は力（Kraft）と権力（Macht）が同じではないことにあります。つまり、権力は人間が共働する（zusammenhandeln）ところでのみ生じるのであって、人間が個々人として強くなるところで生じるわけではないということです。いかなる個人的強さ（Stärke）も権力に取って代わり得るほど大きくなることはありません。強さが権力と対決する時、前者は常に敗れるのです。逃亡し、逃亡の中で抵抗する力——そう

＊7　「しかし危険があるところでは、救うものも育つ Wo aber Gefahr ist, wächst das Rettende auch」というヘルダリンの有名な詩句（『パトモス』）をもじった言い回し。

した力はまさに、個人の人間性において可能なものの領域にあるわけですが——は、現実が飛び越えられてしまう、あるいは忘れられてしまうところでは形成されません。

たとえば、自分はこうした世界と対決するにはあまりにも善き者、高貴な者であると見なすとか、まさに支配的になっている世界情勢における端的に「ネガティヴなもの」に耐えられない場合には、そうした力は形成されないのです。そのような誘惑に屈服し、自らの内面に安住してしまうことは極めて魅惑的なことかもしれません——特にナチスの堪え難い愚かなおしゃべりを聞き流してしまいたいと感じない人などいるでしょうか。しかし、その結果は常に、まるで子供を風呂に入れて溺れ死にさせてしまうように、現実によって人間性を圧殺してしまうことになるのです。

そういうわけですから、第三帝国の状況の下でのドイツ人とユダヤ人の友情のケースで、その二人が、「私たちは共に人間ではないか!」、と言ったとしても、それは人間性の徴しとはいえないでしょう。そうだとしたら彼らは、現実を、そして二人が共有していた世界を単純に回避してしまったことになります。

彼らは隠蔽状態の中で世界から逃亡している途中で、世界に対峙しようとはしなかったのです。足元の大地のように確固とした現実の上に立っているわけではない人間性、即ち、迫害の現実のただ中にある人間性の名において、彼らは、「ドイツ人とユダヤ人、そして友人だ」、と言わねばならなかったはずです。しかし（無論、今日では全く情勢が異なりますが）当時どこであれ、そのような友情が成立し、しかもそれが純粋に——つまりは、一方における虚偽の罪責コンプレックス、他方における虚偽の優越感や劣等感なしに——保持されたとすれば、非人間的になった世界において人間性の一片が現実化されたと言えるのではないでしょうか。

Ⅳ 「真理」と「友情」

私がここで友情という話題を例として取り上げたのは、それがいくつかの理由から人間性の問いに関して極めて重要な意味を持つように思われるからですが、この友情というテーマを経由して、再びレッシングに話を戻しましょう。

周知のように古代の人々は、人間の生活に友人ほど欠かせないものはない、更に言えば、友人のない生はそもそも生きるに値しないとさえ思っていました。しかしながら、そこには、不幸の中で友人の助けを必要とするというような発想の出番はほとんどありませんでした。彼らはむしろその逆に、人間にとって、他者、つまり友人が共に喜んでくれない幸福はあり得ない、と確信していたのです。無論、真の友人には不幸の中で初めて出会えるという諺の知恵にも一理があります。しかし、私たちが不幸によって教えられるまでもなく、自然に真の友人とみなす相手というのは、私たちが躊躇なく幸福を見せてやりたいと思う人、この人とならば喜びを分かち合えると思える人ではないでしょうか。

私たちは今日、友情をもっぱら、友人たちが世界とその要求に煩わされることなく、互いに魂を開示し合える親密性（Intimität）の現象と見なすことに慣れています。

この見解の最良の代表者はレッシングではなく、ルソーです。この見解は、近代的個人の世界からの疎外（Weltentfremdung）に対応しています。実際、近代的個人は、あらゆる公共性を離れた、親密性の中での顔つき合わせた出会いにおいてしか自己を表明できないのです。そのせいで私たちには、友情の政治的重要さを理解するのが難しくなっているのです。

アリストテレスが、「フィリア」、つまり市民の間の友情は、健全な共同体の基本的要請の一つであると書いているのを読んだ時、私たちは、彼がもっぱら市の内部の党派闘争とか内戦がない状態について語っていると考えがちです。しかしギリシア人にとって、友情の本質は会話の内にあるのです。そしてまさに持続的な相互の語り合いを通して、市民はポリスへと統合されると考えられていました。そしてそうした会話の中で、友情とそれに固有な人間性が有する政治的意味が顕在化してくるのです。

なぜならそのような会話は（個人が自分自身について語る親密性の会話とは違って）、たとえ友人の現前性に対する喜びにかなり影響されているにせよ、共通の世界に関わっているからです。共通の世界は、人間たちによって持続的に語り続けられない限り、文字通り〝非人間的〟なものに留まることになります。

世界が〝人間的〟であるのは、人間によって作り出されたからではありません。また人間の声が鳴り響くことを通して、人間的なものになるわけでもありません。会話の対象になった時に初めて、世界は人間的になるのです。

私たちが世界の事物にどれだけ強く影響されたとしても、世界がいかに深く私たちを刺激し、興奮させたとしても、私たちが、私たちの同輩と共に世界について語り合わない限り、世界は私たちにとって人間的なものにならないのです。

会話の対象になり得ないものであっても崇高なもの、恐ろしいもの、あるいは不気味なものであるかもしれませんし、人間の声を通して世界の中に響きわたるかもしれませんが、〝人間的〟ではないのです。私たちは、自分自身の内で、そして世界の中で起こっていることについて語ることを通して、それを人間化（vermenschlichen）するのであり、また、そうした語りの中で、私たちは人間であることを学ぶのです。

友情の会話の中で現実化するこうした人間性を、ギリシア人たちは「フィラントロピア

philanthropia」、「人間への愛」と名づけました。フィラントロピアは、世界を他の人間たちと分かち合おうとする姿勢を通して明らかになります。その反対項、人間嫌い（Misanthropie）、あるいは、人間への憎しみの本質は、人間嫌いな人が世界を分かち合う相手を見出だせないこと、いわば共に世界、自然、コスモスを喜ぶに値すると見なし得る相手を見出だせないことにあります。

こうしたギリシアのフィラントロピアが、ローマの「フマニタス＝人間性 humanitas」に移行するに際して、いくつかの変化がありました。その中で政治的に最も重要なものは、ローマにおいては極めて多様な素性、血統の人々がローマ市民権を獲得し、世界や人生に関する教養あるローマ人たちの会話に参加することができたという事実に対応しています。こうした政治的背景のおかげで、ローマの「フマニタス」は、近代において「フマニテート＝人文教養 Humanität」と呼ばれているものから区別されるのです。近代における「フマニテート」は、しばしば単なる教養幻想しか意味しません。

人間的なもの（das Humane）が熱狂的ではなく、むしろ冷静でクールであること、人間性が兄弟愛（Brüderlichkeit）ではなく、友情（Freundschaft）において証明されること、友情とは、親密で個人的なものではなく、政治的要求を掲げ、世界に関わり続けるものであること――これら全ては、私たちにはもっぱら古代の特徴に見えるので、『ナタン』という作品の内にこれと極めて似た特徴が見出されることに私たちは混乱してしまうのです。

この作品は近代的なものですが、これを友情についての古典的演劇と呼ぶことは不当ではないでしょう。そうした要素の一つとして、作品に奇妙な印象を与えている、ナタンがテンプル騎士[*8]に、そして出会う人全員に対して発している「私たちは友人であるはずです、そうですね」という言葉があります。

明らかにレッシングにとって友情は愛の情熱よりもずっと重要であったのです。だからこそ彼は恋愛物語を手短に打ち切って、それを、友情へと義務づけ、愛を不可能にする関係へと変換することができたのです。

この作品の劇的緊張はもっぱら、友情及び人間性と真理の間で引き起こされる葛藤にありま

＊8　一一一九年の第一回十字軍後、巡礼者の保護・異教徒撃退の目的で創設された神殿騎士修道会（テンプル騎士団）に属する修道士。『賢者ナタン』に登場するテンプル騎士は、エルサレムで、サルタン・サラディンに囚われるが、恩赦によって許される。彼はユダヤ人であるナタンの娘レハと恋に陥るが、やがて二人は実は兄妹であったことが判明する。

す。これは近代人であれば違和感を覚えるかもしれない点ですが、そこには、古代に属すると思われる意識や葛藤への独自の近さが認められます。とどのつまり、そして最終的に、ナタンの知恵はもっぱら、友情のために真理を犠牲にする覚悟の内にあるのです。

レッシングは周知のように、真理について極めて非正統的な見解を抱いていました。彼はいかなる真理も——神の摂理によって与えられたと思われるものも含めて——受け入れようとせず、また、他人のものであれ、自分のものであれ一定の論証を通して導き出されてくる〝真理〟を押しつけられることを拒みました。もし彼を、「ドクサ＝意見」か「アレテイア＝真理」かというプラトン的な二者択一の前に立たせたとすれば、彼がどちらを選ぶか疑問の余地はないでしょう。

彼自身の使っている比喩で言えば、彼は、真の指輪[*9]——それがそもそもあったとすればの話しですが——が失われたことを喜んだのです。それによって、世界が人間たちの間で語られていく中で、無限に多くの意見が生まれてくる可能性が開けてくるからです。真の指輪があったとすれば、それによって会話が、そしてそれに伴って友情、そして人間性が失われていたことでしょう。そういうわけで彼は、「有限な神々」の種族——彼は時として人間たちをそう呼んでいました——に属していることに非常に満足していたのです。

彼は、「雲を撒き散らすよりも、雲を作り出すことにより多くの努力をしている」人々が及ぼす害悪は大したものではないのに対し、「全ての人間の思考様式を自らの支配下に置こうとする人々の方が社会に大変な害悪をなす」と考えていました。このことは、通常の意味での寛容とはあまり関係ありません（レッシング自身は、決して特に寛容な人間ではありませんでした）が、友情への才能、世界に開かれた姿勢、そして最終的には真の人間愛と重要な関わりがあるのです。

思弁的な理性は、「有限な神々」、つまり限定された人間悟性という枠を設定し、まさにそれを通して自らその枠を乗り越えていこうとするわけですが、こうした〝有限性〟というテーマは、カントの批判の重要な対象になりました。しかしカントの意識とレッシングのそれとの間に多くの共通点がある――実際、共通点は非常に多いわけですが――としても、一点において

＊9　『賢者ナタン』の中で、ナタンが三つの宗教（キリスト教、イスラム教、ユダヤ教）の対等性を説明するために用いた寓話。東方のある王国で、その持ち主を「神と人々に好かれる」者にする指輪が王から王へと代々継承されていた。ある代の王には、三人の息子がいたが、彼は三人とも同じ様に愛していたので、いずれの息子に指輪を与えるべきか決定できなかった。そのため王は、真の指輪と全く同じ指輪を二つ作らせ、自らの死に際して、どれが本物か告げずに、三つの指輪を息子たちに与えた。

決定的に異なっています。

カントは、人間にとって絶対的真理はない、少なくとも理論的意味での絶対的真理はあり得ないことを見抜いていました。彼には明らかに、人間的自由の可能性のために真理を犠牲にする覚悟がありました。

私たちは真理を所有したとしても、自由にはなれないのです。しかし真理が〝あった〟としても、それを人間性、人間相互の友情と会話のためなら躊躇なく犠牲にするというレッシングの立場とはほとんど合意不可能でしょう。

カントは、絶対的なものがあるという立場を取っていました。即ち、人間たちを越えたところで、あらゆる人間的事柄について決定し、いかなる意味での人間性のためであれ決して破られてはならない定言命法に基づく義務があるというのです。カント倫理学の批判者たちは、しばしばこの点を、全くもって非人間的で、無慈悲であると非難してきました。

しかし、こうした非人間性が見られるのは、定言命法の要求があまりにも弱い〝人間本性らしきもの〟の〝可能性らしきもの〟に、過剰に要求するからではありません。その唯一の原因は、定言命法が絶対的に措定されており、そうした絶対性において、関わり(Bezüge)と関係性(Relation)を本質としているはずの人間「間」領域(der zwischenmenschliche Bereich)を、その基本的性質である関係＝相対性（Relativität）と矛盾する土台の上に縛りつけ、固定化してしまうことにあります。

カントが実践理性における真理を樹立しようとしたからこそ、〝一なる真理〟という概念に付着する非人間性が、彼において特にはっきりと表われてきたのです。認識の領域においては人間を苛酷なまでに限定したカントですが、行為＝活動（Handlung）においても人間は神のごとくには振る舞えない、と考えることには耐えられなかったように思えます。

しかしレッシングは、哲学者たちが太古から、少なくともパルメニデスとプラトン以来、心を患わせてきた問題をむしろ喜んで受け止めていました。それは、真理というものは、ひとたび表出されるや否や、すぐに様々の意見の内の一つへと変貌し、異論を唱えられ、再定式化され、他の多くの対象と同列の会話の対象の一つになり下がってしまう、という問題です。

レッシングの偉大さは、真理は人間世界の内にはないことを洞察していただけではなく、真理というものはなく、人間間の無限の会話は人間がある限り、決して止まることがないことを喜んでいた点にあると言えるでしょう。

ドイツ語圏におけるあらゆる論争の元祖であり師であったレッシングはこうした論争の中でアットホームに感じ、常に、極めてはっきりした、明快な立場を取っていました。そうした意見闘争（Meinungsstreit）の中に、真理というものがそもそもあったとすれば、それは必ず破局的な作用を及ぼしたことでしょう。

今日の私たちには、ナタンの劇的ではあるが、悲劇的ではない葛藤を、レッシングが意図していたように追体験するのは困難に思えます。その理由は部分的には、真理に関しては寛容に振る舞うことが、私たちにとって自明の理になってしまったことにあります――ただ私たちがそうする理由は、レッシングがそういう態度を取った理由とほとんど関係ないわけですが。今日でも、少なくともスタイルのうえでレッシングの三つの指輪の譬えと同じような形で問題提起する人は、しばしばいます。

例えば、以下のカフカの見事な箴言がその例でしょう。

「真理を語るのは困難だ。というのは、真理は一つしかないものの、生きており、従って生き生きとその顔を変化させているからである」

しかしここでも、真理と人間性の間に起こり得る抗争としてのレッシングの葛藤の本来の政治的ポイントについては何も語られていません。

加えて、私たちは今日、自分が真理を所有している（die Wahrheit haben）と思っている人にはほとんど出会いません。その代わり、私たちはいつも、自分は正しい（recht haben）と確信している人たちと対峙しています。両者の違いははっきりしています。真理の問題は、レッシングの時代には、依然として哲学と宗教の問題であったのに対し、私たちの〝正しさ〟の問題は科学の枠内で生じ、科学によって方向づけられた思考によってその都度決定されるのです。

こうした思考様式の変遷が私たちにとって幸に働くか不幸に働くかは、ここでは無視することにしましょう。真理をめぐる問題が一八世紀の人間たちを息つく暇も与えないほど魅了し続けたのと同様に、今日、科学的な意味における〝正しさ〟をめぐる問題が、議論の特殊学問的な性質を評価する能力がない人たちをも魅了しているのは事実なのです。そして奇妙なことにそうした一般の人たちは、学者たちの実際の態度を見ても意気阻喪することはないのです——科学者たちは現実に科学的に前進している限り、自らの「真理」が決して最終的なものではなく、生きた探求の中で絶えずラディカルに修正されていくことをよく承知しています。

真理を有していることと、正しいということは別問題ですが、にもかかわらず、この二つの視点にはやはり共通のものがあります。つまり、この内のいずれかの立場を取る人は概して、対立が起こった場合、人間性あるいは友情についての自らの見解を犠牲にするつもりがなく、むしろ、そうすることがより高次の義務、つまり「即物性 Sachlichkeit」の義務に反することになると考える傾向があります。そういうわけですから、そうした犠牲を払うことがあったとすれば、それは彼らにとって、自らの良心による活動ではあり得ません。それどころか彼らは、そのように振る舞ってしまう自らの人間性を恥じ、しばしばそのことではっきりと罪の意識を覚えます。

私たちが生きている時代、そして、私たちの思考を支配している自己の正当性を主張する諸見解（Meinung）に引き寄せてレッシングの葛藤を理解するために、そうした問題が第三帝国の十二年間とその支配的イデオロギーの内に見出せることを示しておきましょう。そうすれば、肝腎なところを損なうことなく、彼の葛藤を私たちの視点から理解できる形にすることができるでしょう。

少しの間、ナチズムの教理は人間の「本性」と対立するがゆえに原理的に証明不可能であることは度外視することにしましょう。そして（決してナチス特有の、あるいは特殊ドイツ的な性質の発明ではない）こうした「科学的」理論が異論の余地なく証明されたと仮定してみましょう——ナチスが自らの教理から首尾一貫した実践・政治的帰結を導き出したことは、いずれにせよ否定できません。

その場合、人種の劣等性についてのそうした〝科学的証明〟によって、その人種を絶滅することが果たして正当化されるでしょうか？　しかしこの設問に対する答えであれば、まだ容易です。なぜなら、キリスト教の古代に対する勝利以来、事実上、西洋の法的・道徳的思考全体を方向づける基本的戒律であり続けた「汝殺すべからず」に依拠することができるからです。法的にも道徳的にも宗教的にも何の拘束もない思考様式――そのように拘束されず、「生き生きと変化する」のがレッシングの思考様式でした――を前提にする場合、以下のような問いが立てられねばなりません。

このように異論の余地なく証明された教理には、そもそも、二人の人間の間の唯一の友情をも犠牲にするだけの価値があるのだろうか？　という問いです。

これで私たちは再び、私の議論の出発点に戻ってきたことになります。レッシングの論争における即物性と「客観性」の驚くまでの欠如、常に鋭敏に研ぎ澄まされた彼の党派性＝偏った性格(Parteiischkeit)は、主観性とは一切関係ありません。なぜなら彼の思考は、自己自身ではなく、常に、他の人々とその立場、その意見をめぐる世界関係を中心に構成されるものだからです。

レッシングにとっては、私が先程立てた問題に答えることは、困難ではなかったでしょう。イスラム教の本質、ユダヤ教の本質、あるいはキリスト教の本質に対するいかなる洞察も、彼が確信的なイスラム教徒、敬虔なユダヤ教徒、あるいは信心深いキリスト教徒と友情を結び、友情について会話する妨げにはならなかったでしょう。

もし彼が二人の人間の友情を原理的に不可能にしてしまう教理に遭遇したならば、彼は確信に満ちているが、何ものにも拘束されない自らの良心にかけてそれに抵抗したことでしょうが、かといって、それが「客観的」にも誤った教理であることを暴露すべく、異論の余地のない証明を持ち出したりはしなかったでしょう。

彼にはそんな証明は不必要だったのです。彼は学問的あるいは非学問的な討論の中で右往左往することはなく、すぐさま〝人間〟の側に立ったはずです。それこそが、レッシングの人間性だったのです。

こうした人間性が、政治的に奴隷化し、加えてその基礎が既に揺さ振られていた世界の中に現われてきたのです。レッシングもまた、既に「暗い時代」に生きていたのであり、彼なりの仕方で、その闇のために破滅に向かって行きました。

これまで見てきたように、こうした時代に生きる人間たちにとっては、互いに身を寄せ合い、そうした親密性の暖かさの中で、公共性だけが授けてくれる光の力の代替物を求めることが必要だったのです。しかしこのことは同時に、彼らが争いを避け、可能な限り争いにならないような人間とのみ関わろうとすることを意味します。

レッシングのような性質の人間にとって、そのような時代、そのような狭さの世界にほとんど存在の余地がありませんでした。人々が身を寄せ合い、お互いに暖め合うところでは、レッシングは排除されてしまいます。争い中毒と言えるほど論争的だった彼にとっては、孤独と同様に、全ての相違を抹消してしまう兄弟愛の距離のなさは耐え難いものでした。

彼が関心を持っていたのは、論争した相手と実際に仲違いするか否かではなく、世界と世界の事物について絶え間なく、繰り返し語り合うことによって、非人間的なものをも人間化していくことだったのです。彼は多くの人間の友人になろうとしましたが、誰かの兄弟になろうとしたことはありませんでした。

彼は、世界の中での争いと会話を通して、人間たちとの間にこうした友情を作り出すことに成功しませんでしたし、ドイツ語圏で当時支配的だった状況下では、彼が成功するのは極めて難しかったといえるでしょう。ドイツにおいては、「その才能の総和よりも更に価値があり」、その偉大さは「その個性の内にある」（フリードリッヒ・シュレーゲル）ような男が充分に理解されるようになるとは到底期待できませんでした。そうした理解は、最も本来的な意味における〝政治〟からしか生じてこないからです。

このような意味で徹底的に〝政治的〟人間だったレッシングは、真理は、言語を通して人間化されるところでのみ存在すると主張しました。各自がその瞬間に思いついたことではなく、自分が「真理だと思っている」ことを語るところでのみ、真理は存在し得るのです。

しかしそのような語り合いは、孤独の中ではほとんど不可能でした。そうした語りの成立は、多くの声があり、「真理だと思っているもの」の表明が人々を結合すると共に相互に分離するように作用する空間、即ち、共に世界を生じさせている人間たちの「間」にそうした距離を作り出す空間と結びついているのです。

この空間の外部におけるあらゆる真理は、それが人間に幸をもたらすか不幸をもたらすかに関係なく、極めて文字通りの意味で非人間的です。しかしそれは、真理が人間たちをお互いに対して憤激させ、引き離してしまうからではありません。むしろその逆に、真理の結果として、全ての人間が突然一つの意見に一致し、それによって多数者が一者となり、多様性のある人間たちの「間」でのみ形成される世界が地上から消えることになるからです。そういうわけで、レッシングが自らの全作品から理想的結末を引き出したかのように見える以下の一文に、真理と人間性の関係についての最も深遠なものが表現されているといえるでしょう。

各自は自分に真理と思われるものを語ろう。そして真理それ自体は、神に委せよう！

解説

自由が問題である

インゲボルク・ノルトマン

もし私が、新しい千年期に入っていくための幸運なイメージを選択しなければならないとしたら、私はこのイメージを取るだろう。素早く、足取りの軽い詩人＝哲学者の跳躍するイメージ。彼は、世界の鈍重さを乗り越えて立ち上がる。それによって、自分の真剣さが軽やかさの秘密を含んでいるのに対し、多くの人たちが、その時代の生の躍動とみなしているもの、騒がしく、攻撃的で、脅威を与えるものは、錆びた古い自動車の墓場のごとき死の王国に属することを証明してくれるだろう。

イタロ・カルヴィーノ

ハンナ・アーレントは一九三三年に密かに越境してパリに亡命する少し前に、逮捕されてしまった。彼女は、有名な一九六四年のギュンター・ガウスとのテレビ・インタビュー[*10]の中で、すぐに釈放されることになったその時の幸運について語っている。

彼女は慣例に反して、自らの弁護のために弁護士を要求せず、警官と彼の「誠実で、礼儀正しそうな顔」を信頼したのである。[★1] 帝国議会放火の後の一連の非合法的な逮捕の波のことを念頭に置けば、彼女の振る舞いは不適切で、いかにもナイーヴに見える。

しかしながら、こうしたナイーヴさにこそ、全体主義体制下での道徳的・政治的諸価値の崩壊に直面した彼女が、自らの政治的考察の係留点にした状況的・反規範的な批判能力が現れているのである。

アメリカに亡命したアーレントは、この新しい政治的な故郷において一九五一年に、彼女を一躍有名にした最初の本『全体主義の起源』を刊行した。一九五五年にはそのドイツ語版が出された。この書物は、驚くほど広範な共感と理解を獲得した。しかし、こうした〝理解〟をどのように解釈すべきだろうか？

ハンナ・アーレントはその著書『全体主義の起源』の冒頭のモットーとして、カール・ヤスパースの以下の一文を引いている。「全面的に、現在的であることが重要である」過去は抑圧されれば、隠れ、変貌した形で再び舞い戻ってきて、政治的利害をめぐるゲームのボールになり、政治的環境を害することになる。従って過去に「向かって、あるいは対抗して立ち上がる」のに最適な瞬間とは、常に、現在の瞬間なのである。決定が純粋な正義の光の下でなされることはなく、アンビヴァレントな歴史的妥協の産物であるわけであるから、民主主義の始まりは、克服できない過去から繰り返し放出されてくる矛盾とアポリアの現象する空間が開示されることと同義である。

全体主義の破局に至るまで人々の共生に不可欠の枠組みを与えてきた表象やイメージにも亀裂が入っている。今日に至るまでのハンナ・アーレント受容史において、この亀裂に充分な注意が向けられたことはなかった。

＊10 Günter Gaus（1929－2004） ドイツのジャーナリスト、政治家。旧西ドイツで南西ドイツ放送の番組ディレクター、『シュピーゲル』誌の編集長などを歴任した後、一九七三年に社民党のブラント政権下で首相府長官に任命され、七四年から八〇年にかけて、ドイツ民主共和国（東独）への常駐代表部代表を務める。著書に、"Wo Deutschland liegt"（1983）"Zur Person. Von Adenauer bis Wehner"（1987）など。

★1 Was bleibt? Es bleibt die Muttersprache. Fernsehgespräch mit Günter Gaus am 28. Oktober 1964, wiedergedruckt in: Hannah Arendt, *Ich will verstehen*, hrsg. v. Ursula Ludz, München/Zürich 1996, S.50

★は解説者による原注を示している。以下同様。

この亀裂は、レッシング講演においてもテーマ化されている。一九四九年にハンナ・アーレントは初めてドイツへ戻ってきて、破壊された町々、破壊された政治的風景を目にした。そこでは、新しい始まりを形成し得るあらゆるものの欠如、つまり追悼する能力、責任を引き受ける姿勢と記憶力の痛ましいまでの欠如が感じられたのである。「他のいかなる場所でも、破壊と驚愕の悪夢の痕跡がこれほどわずかしか感知できないことはないだろう。またドイツほどそれについて語られることがない場所もないだろう」と彼女は、『ドイツからの報告 Report from Germany』の中で述べている。★2

十年後彼女は、ハンブルク市からレッシング賞を受けるべくこの政治的空間に再び足を踏み入れた。その一年前、彼女はフランクフルトのパウルス教会で、ドイツ書店業界の平和賞を授与されたカール・ヤスパースに対する賞賛演説を行っている。

またその二年後、国家社会主義の最悪の犯罪に対する「驚くほど穏やかな判決」に直面して、彼女は彼に手紙を書いている。「このいわゆる〝共和国〟は、実際『いつもの通り』です。こうした政治的事柄に関しては、経済的発展も助けにはならないでしょう」。★3

こうした「政治的事柄」には、「短い道徳的薄皮段階」(ドルフ・シュテルンベルガー)*11の後で、公共圏において非ナチ化に対する批判キャンペーンが、ますます開けっぴろげに、かつ大々的に展開されるようになったことも含まれる。この問題では、ＳＰＤ（社会民主党）を含むすべての政党がポピュリズム的に反応した。

そして、これに対応して一九四九年の連邦恩赦から五四年の第二刑事免責法に至るまでの一連の立法イニシアティヴが実行され、その結果として――ノルベルト・フライ[*12]の最近の研究によれば――「五〇年代半ばにはもはやほとんど誰も、自らのナチスの過去が、国家と司法によっ

★2　The Aftermath of Nazi-Rule: Report from Germany. In: *Commentary* 10, 1959, Nr.4, S.342-353; *Besuch in Deutschland.* Aus dem Amerikanischen von Eike Geisel. Mit einem Vorwort von Henryk Broder und einem Porträt von Ingeborg Nordmann, Berlin 1993

★3　Hannah Arendt an Karl Jaspers, Juli/August 1962, in: Hannah Arendt, Karl Jaspers, *Briefwechsel* 1926-1969, hrsg. von Lotte Köhler und Hans Saner, unchen/Zürich 1985, S.515

＊11　Dolf Sternberger（1907–1989）旧西ドイツのジャーナリスト、政治学者。『フランクフルター・ツァイトゥング』紙の編集者、雑誌『ディ・ゲーゲンヴァルト』の共同発行人などを経て、一九五五年にハイデルベルク大学の政治学教授に就任する。アリストテレスにまで遡及しながら、政治理論を根拠づけることを試み、その中心的概念の一つとして「憲法愛国主義」を位置づける。

＊12　Norbert Frei（1955– ）ドイツの現代史家。ボッフム大学教授。ナチス体制の研究で有名。邦訳著書に、『総統国家』（芝健介訳、岩波書店、一九九四）がある。

て追究されるかどうか恐れる必要がなくなっていた。（……）三百六十万人の非ナチ化による追放者と一万人の恩赦対象者の過去について片がついただけではなく、その間、一九四五年から四九年にかけてのニュルンベルク継続裁判あるいは連合国の軍事法廷で、戦争もしくは国家社会主義犯罪で有罪判決を受けた人々のほとんどが、再び自由になったからである」★4

ドイツの公共圏では、国家社会主義と反ユダヤ主義をあからさまに信奉することはタブー化されていたものの、責任と罪の問題はヒトラーとその直接の部下に限定されようとしていた。そうして今や彼らに栄誉を与えることで、「共鳴」させようとする強制力が働いていた。そうした公共圏の中で、ユダヤ人女性、移住者、そしてアメリカ国民である彼女はどのように振る舞うべきなのか？　これほど予測のつきにくいことはなかろう。

ハンナ・アーレントは、ハンブルク市政府主催の講演の中で、同政府は賞をレッシングの名前と結びつけることで、コロンブスの卵を見出だしたと述べているが、それは、まさに彼女自身についても言えることである。

問題になるのは、二つの全く異なるレッシング読解である。連邦共和国の文化政策においてレッシングは、〝一般的に人間的なもの das Allgemeinmenschliche〟という強固な要塞の壁に塗り込められていた。

この要塞に保護され、その影に隠れることで、過去とその持続的な現前性＝現在（Gegenwart）に向き合うことなく、民主主義と人間性について語ることが可能になった。レッシングは、〝無傷〟のまま全体主義をやり過ごして存続した古き善き価値への回帰を保証するために利用されたのである。しかしハンナ・アーレントに言わせれば、それは不可能である。

彼女が提起した最も切迫した問いは、何故伝統は危機からの逃げ道を示せなかったのか、何故「俗悪な際物小説まがいの伝統」が勝利したのか、というものである。この問いかけによって、これまで継承されてきた思考態度やカテゴリーと対決することが、もはやごまかすことのできない課題になった。レッシングも例外ではなかった。

この意味で、レッシングのイメージを再現することは、単に自らの主張のための「利用」ではあり得なかった。ハンナ・アーレントは、「真の」レッシングを、順応主義的で角の取れたレッシングと闘わせることで、漁夫の利を得ようとしたわけではなかったのである。また彼女

★4　Norbert Frei, Vergangenheitspolitik. *Die Anfänge der Bundesrepublik und die NS-Vergangenheit*, Müünchen 1997, S.20

は、レッシングと協調して、非政治的ドイツ人たちに代わって、責任意識と批判能力を示そうとしたわけでもない。

彼女が問題にしたのは、真理や正しい振る舞いなどではなく、現実を取り戻すことだったのである。しかし「リアリティーのショック」は、賛成か反対かの討論の中で生じてくるわけではない。そうした討論は、正しい側でありたいという願望によって演出されることになり、経験がシャット・アウトされてしまうからである。

経験を引き合いに出すことは、レッシングの思想世界は一つの共通分母にまとめられるような同質性は有していないと認めることに繋がる。レッシングの複雑性と矛盾性のため、その読解は一つの選択行為となる。その選択の中で、彼女の判断基準が明らかになるわけである。そうした意味で彼女は、レッシングの思考に様々な方向からアプローチしている。★5

その中で彼女の関心の方向性を拘束していた個々の思考が崩れていき、新しい編成＝星座(Konstellation)へと再編されていくのである。このような仕方で彼女は、結末がオープンな、レッシングをパートナーとする対話のための独自の文法を発展させていく。

『賢者ナタン』に現れている（と見なされてきた、また依然としてそうみなされている）「あまりにも人間的なもの」を掲げるレッシング像と彼女は距離を取っているが、それは、これまで誤った仕方でテクストの中に彼の思想を読み込んでしまう傾向が支配的だったからではない。彼女がそうしたレッシング像を拒絶したのは、文献学的な理由からではなく、政治的理由による。なぜなら、政治的判断力だけが「迫害された存在を考慮に」入れることができるからである。その一方で彼女はレッシングを、具体的なリアリティー把握力と惑わされることなき判断力――連邦共和国では経済的多忙、人文主義の決まり文句、歪んだ罪責感情のためこうした能力の喪失が隠蔽されている――の存在を証明するための主要な証人にしている。

つまり政治的経験によって、彼女がレッシングの思想世界に足を踏み入れる場所が規定されるのである。しかし彼女は、中立的、客観的に予め与えられた真理は拒絶するにもかかわらず、流行しているジャーゴンで党派的に語ることはしない。

彼女のレッシング解釈の頑固さには、独断論やファナティズムに通じるような特徴はない。彼女の語りは価値共同体を産出することではなく、自由な対話（Dialog）を開示することを目

★5 米国会図書館所蔵のハンナ・アーレント遺稿の中に、彼女のレッシングに対するアプローチを考察する際の見通しを与え、引用の参考になる読書ノートがある。これについては、vgl. die Anmerkungen von Ursula Ludz zur Lessingrede in: *Menschen in finsteren Zeiten*, München 1989, S.341 f.

指す。彼女はこうした思索の中で、そのような自由の対話への可能性に、自発性（Spontaneität）、あるいは始める能力（Anfangen-Können）という名前を与えている。

基底理論的な性格を持つ社会主義的あるいは決定主義的なアプローチとは異なって、彼女は自発性を自立した主体の意志と等置しない。それは、所与のものに収まりきらない余剰であり、定義されることも支配されることもなく、にもかかわらずユートピア的ではなく、予期されず突然登場してくるポジティヴな出来事を意味する。

彼女は自らの講演を、「歴史や論理的強制を支えとして利用しないような全く自由な思考」（本書20頁）――これを彼女は「手摺りなき思考」と言い換えている――についての補説で始めている。

独立性と厳密性も、論証に際しての彼女の分析的態度の構成要素であった。隠された暗示、フェイント、両義性などを排除し、膨張した非政治的な人文主義、及びその裏返しである道徳的崩壊のリアリティーについて沈黙する態度の双方から距離を取る絶対的な明晰さである。この意味での明晰さは、イデオロギー批判が実践しているような、固定化され、一義的な視点に依拠するものではなかった。ハンナ・アーレントはそれを、固定化され、通用している表象＝イメージの差異化、分離、広がりの運動として理解している。

彼女は、普遍的な人文主義＝ヒューマニズムという観念の下で現実が否応なく押しつけられるという見方を一歩一歩脱構築しながら、表象の差異を示す諸現象が接合し合う思考空間を開示しようとする。

その際に彼女は自らの議論の対象を二つの方向に、つまり表象と公衆（Publikum）に差異化させていく。彼女の演説の宛先は、社会のどこかにいるイマジネールな公衆ではなく、自らの目の前に座っている公衆、いわゆる良き社会（gute Gesellschaft）とその知的、政治的代弁者たちである。苦もなく時間の壁を乗り越え、過去を緊張に満ちた現在の問いの場へと引き込んでしまう彼女の思考の直接性と速度に媒介される形で、〝回避し得ないもの〟が講演の中でその姿を現す。ここがロドスだ、ここで跳べ！

全体主義の誘惑に対する教養層の振る舞いに関して、彼女には痛々しく、苦い体験がある。ドイツの知識人たち、とりわけ彼女の知的友人たちは、国家社会主義と折り合いをつけただけではなく、国家社会主義に「打開の道を求め」さえしたのである。

その際に彼女の念頭にあったのは、哲学の師で愛人でもあったハイデガーだけではない。その著書『全体主義の起源』で彼女は、知的エリートたちが全体主義に絡めとられたのは偶然の現象ではない、ときっぱり言い切っている。[★6] 彼らが魅惑されて、同調していった背景は多様であり、逆説的であった。ソール・フリードレンダーは、「従属の必要性と全体破壊のファンタジー」

の間で揺れ動くニヒリズム――彼はニヒリズムを、精神的な体制順応の内的中心部と規定している――の玉虫色で複雑な性格を政治の美学化*13の一変種として分析している★7。

ハンナ・アーレントは、それとは異なる方向からの分析を目指す。それは、科学の影響による政治の変質という視点である。政治空間が多元性によって構成されているのに対し、科学は同一化を通して、同質的で、支配可能な領域を産出する。

　自立化した論理は生、そして科学的客体を定義するようになるが、そうした論理の運動には、自己の犠牲と操作可能性妄想（Machbarkeitswahn）という二つの側面がある。他者・異物の排除と破壊は、アプリオリに前提され、固定化された同一性を理解するための不可欠な条件である。ハンナ・アーレントは、全体主義の破局から人文主義的、学問的価値の破綻なき救済を夢見る全ての人々が好んで利用する負担軽減戦略、つまり人種主義は非合理主義であると宣言してそれから距離を取ろうとする戦略を回避する。

「一つの人間」という人種主義的ユートピアは、人間の共生を知の対象として組織化しようとするプロジェクトの極端な帰結である。人種主義に反対する意志表明は、科学的洞察から導き出される自動的な帰結などではなく、どのような世界に私が生きようとしているのかについての政治的決定が前提になっているはずである。彼女の著作の他のいかなる箇所でもこれほどまではっきりと、政治と科学の同一化によって、あらゆる活動の可能性を遮断する出口なき状況が生まれる可能性があることが強調されている例はない。

それに対して、政治的判断力は、袋小路から導き出し、各人の個性が承認される共通世界への道を示すことができるというのである。

プラトン以降の政治思想の歴史は、哲学的な物の見方のヘゲモニーと、自らが最善の政治的真理を有しているという哲学者の僭称によって性格づけられてきた。しかし経験は、政治的判断力と哲学的知は決して歩調を合わせるわけではないことを示している。ハンナ・アーレントの議論に即して、この経験を以下のように尖鋭化した形で表現することができるだろう。暗い時代における判断力と人間性は、圧倒的に教養層にのみ見出だされるわけではないのだ。そのため彼女はドイツからの脱出の少し後、一九三三年にパリで、もはや知識史にはかかわるまい

★6 Hannah Arendt, *Elemente und Ursprünge totaler Herrschaft*, München 1986, S.528

＊13 「政治の美学化 Ästhetisierung der Politik」は、ベンヤミンが『複製技術時代における芸術』の末尾でナチズムと芸術の結びつきを描写するために用いた概念である。

★7 Saul Friedländer, *Kitsch und Tod. Der Widerschein des Nazismus*, München 1984, S.118

と決意した。この問題との対決は、彼女の生涯にわたって理論的・政治的に回避し得ない課題であり続け、その痕跡は以下の二つの思考形象によって表現される。

一方における個々のユダヤ人パリアと文士（Homme de lettres）、そして他方における職業的歪み（Déformation professionnelle）である。革命についての著書の中では、職業としての知的活動に対して、批判的啓蒙の伝統に属する文士が対置されている。彼女がカントを継承する形で営業の思想家（Denker der Gewerbe）と呼んでいる人々は、社会の振る舞いメカニズム、例えば業績原理、競争、キャリア、そしてとりわけ物質的再生産の必然性から生じてくる依存性に屈している。彼らは自らがそうしたメカニズムに統合されていると同時に、人々をそこに統合する役割を果たしているのである。

これに対して、文士の特徴である独立した思考は、社会とその再生産法則から距離を取ることによってのみ生じ得る。つまり職業的知識人と文士を隔てているのは、基本的には社会に対する立脚点である。ハンナ・アーレントの目から見ても、「独立の在野学者」は不可避的に過去の遺物となりつつあった。彼女はある人物描写の中で、恐らくそうした文士の最後の代表者であるヴァルター・ベンヤミンに、愛すべき古風な脇役としての役割を与えている。

そういうわけで、彼女の職業知識人と文士の区別は、機能とキャリアを通しての体制順応の危険に注意を向けさせるモデルであるということができる。それはカントのいう意味での観念ではなく、体制順応への危険に対して、思考が常に新たなる覚醒へと呼びかけられる場なのである。

我々が、文士という思考形象を具体的にイメージしようとすると、百年前にエミール・ゾラが有名な論争の書『私は告発する』で述べた内容を現代において実践しようとしている批判的知識人のことが連想されてくる。

彼の定式によれば、「知識人」は、ナショナリズムやキャリア志向から来る全ての誘惑に抵抗して、真理、正義、自由といった普遍的諸価値を擁護する。ゾラ自身は、政治、軍事、司法におけるイスタブリッシュメントに抗する形で、ユダヤ人のドレフュス大尉の権利のために活動し、それを通して、知識人が公共圏に登場するための新しく強力で効果的な舞台を獲得したのである。

ゾラの『私は告発する』が、アンガージュする知識人のイニシアティヴとなる文書であったとすれば、一九二七年に出されたジュリアン・バンダの『知識人の裏切り』は、アンガジュマンが党派性と取り違えられ、知識人が世界観的諸潮流の旗振り役に甘んじてしまう時に迫ってくる政治的危険を示そうとする理論的試みであった。

二〇年代の世界観戦争によって、公共空間における精神的活動の役割と知識人の力の誤認がどの程度のものかあきらかになった。

バンダは、カントを継承する形で、権力政治的な利害に関与することを拒絶し、歴史による磨耗に抵抗して、唯一適切な実存様式としての〝離反的な単独者〟を要請する諸価値に固執した。ハンナ・アーレントは米国への移住の後、カール・ヤスパースへの書簡の中で、「社会の周縁でのみ人間らしい実存が可能になるという見解を、今日未だかつてないほど」[★8]強く抱いている、と書いており、この点ではバンダの洞察に対応しているように見える。

にもかかわらず、彼女の態度はジュリアン・バンダのそれと同一ではない。彼女はバンダのように道徳的に議論せず、現象学的に議論する。それを通して彼女は、道徳的言説の枠内では考えられなかった差異化の可能性を開示している。

モラルの地平の上でのバンダに対する批判としては、例えば、マイケル・ウォルツァーによる批判を挙げることができるだろう。彼は、普遍的な原理によって方向づけられる批判者というバンダのモデルを高く評価せず、これに対して、社会と対立せず、自分が社会に属することを知っており、文化的日常における感情・関心世界によって自己を方向づける批判者を対置している。[★9]

道徳の内部には、「正しい」か「誤っている」かの二者択一しかない。それに対してハンナ・アーレントの現象学的な立場は、批判と了解が様々な仕方で結合し得る編成＝星座（Konstellation）のスペクトルを開示するものである。この意味で彼女は、ユダヤ的なものも含めてもはやいかなる伝統にも拘束されないで振る舞おうとする勇気から生じてくるベンヤミンの思考の極めて生産的なインパクトを受け継いでいる。

そうしたベンヤミンの偏見に囚われない姿勢を、ハンナ・アーレントは、批判的な精神的現前性＝落ち着き（Geistesgegenwart）として理解した。しかしそれと同時に、彼女は、彼の思想的実存の危険な側面、つまり世界からの分離によって底無し状態へと沈み込む恐れについて沈黙するつもりはなかった。

その場合に決定的に重要になってくるのは、社会に対して距離を取るということだけではなく、どのように距離を取るかということである。この「どのように」には、いかなる規則も法則もない。パリアあるいは文士は、基本的にアポリア的な状況にある。

★8　Hannah Arendt an Karl Jaspers, 29. Januar 1946, in: a.a.O., S.65

★9　Michael Walzer, *Zweifel und Entwicklung. Gesellschaftskritik im 20. Jahrhundert*, Frankfurt/M. 1991

ハンナ・アーレントは、このことをとりわけカフカのテクストにおいて明らかにしている。彼女は、彼のアフォリズムから以下の言葉を引用している。「彼にとって自分がやる全てのことは、極めて新しいことに思われる。しかしまた、この新しさが考えられないほど充満しているせいで、極めてディレッタントで、到底耐えがたいようにも感じられるのだ。種族の鎖を粉砕し、これまで絶えず少なくとも朧げながら感じられていた世界の音楽を初めてその最も深いところまで断ち切って、歴史に名を留めることはできないのではないか、と思えてくる」[★10][＊14]

何の躊躇もなく真理を疑問に付すことによって対話を救おうとするレッシングも、偉大なディレッタントとみなすことができる。そういうわけでレッシングの自立的思考は、「決して自己の内で統一され、完結している個人、つまり、有機的に成長し、形成されてきた個人による――世界のどこに自らの発展に一番好都合な場所があるのか周囲を見回し、そうした思考の回り道を経て自己と世界を調和させていくような――営みではありませんでした」（21頁）。

彼がこうした思考に向かって決意したのは、彼がそこに「世界の中で自由に運動するためのやり方を最終的に見出」（22頁）したからである。ハンナ・アーレントは、ベンヤミン、カフカ、レッシングの読解から運動の自由という価値を敷行し、これを、本質主義的・歴史的思考に対置している。

彼女は、真理あるいは伝統――たとえそれらが弱く定式化されただけだとしても――によって安全確保することを通して解決策を得ようとはしない。彼女が目指すのは、もっぱら概念と表象を更に批判的に疑問に付し、それらを有限の断片と区別から成る無限の列へと分割していくことである。

こうした無限列への分割を通して、理解と活動の可能性が部分的に拡張され、精密化されていく。概念に代わって、多様なものから世界が生成する様を叙述する物語が登場してくる。このように「飽くことなく思考しながら至るところへ出向くこと」を通して、事物は自由になり、「最も遠くにあるものとの近さ」を獲得する。

かくしてレッシングは、私たちの同時代人となるのである。この意味での〝近さ〟は、同一化を意味しない。ハンナ・アーレントにとって、〝近さ die Nähe〟は異議申し立てのための構築的技術の一つである。それに対して〝遠さ die Ferne〟は、一つの島のように地平線上に現われる。そうした〝遠さ〟の中で経験の一回性が保持されるのである。

★10 Hannah Arendt, Walter Benjamin, in: H.A., *Benjamin, Brecht. Zwei Essays*, München 1971, S.47

＊14 カフカが一九二〇年に書き残した、『彼』というタイトルがつけられた手記に含まれている断片からの引用。

運動する人は空間を変化させ、それに伴って、公共的語りの条件と公共空間における知識人の役割をも変化させる。ハンナ・アーレントは、プラトン以来、知識人にとって絶えざる誘惑であり続けた〝精神と権力の同盟〟という問題系の平面を離脱して、別の次元へ移行する。プラトンの伝統に連なる全知の知識人たちは、特権化された知へのアクセス権を有しているという妄想を抱いたり、搾取され、抑圧されている人たちのために歴史の法則を解読していると自称してきたわけだが、アーレントはそうした知識人に代わって、自らのアンガジュマンの部分性（Partialität）を意識した知識人のモデルを登場させる。

彼女のいう知識人は、概念の形面上学的深みへと沈潜していくよりも、むしろその運動性（Beweglichkeit）ゆえに、具体的で多様な諸現象に対して外的な関心を向け続ける。こうした運動の自由にとって、認識、確信させる力、説得技術などは、二義的な必要事項でしかない。

ハンナ・アーレントのレトリックは、あらゆるコミュニケーションを一つの同形的な平面上でならしてしまう危険のある――と彼女には思われる――公共圏に向けられていたわけではない。彼女は舞台の上に立っていたが、彼女から見てこの舞台は、視聴者が自己同一化して演じる道徳芝居の上演のためのものではない。

ハンナ・アーレントにとって、舞台――ここで彼女は、政治空間と最も密に繋がっている

——とは、人々の間にポリフォニー性と距離が生じ、公衆が判断能力のある諸個人へと分割されていく場なのである。

しかし価値としての運動性を理解することは、決して、全ての判断基準を投げ捨てることではない。リアリティーを、意のままに操ることは依然として不可能である。その点で彼女のスタンスは、リアリティーを解釈（Interpretation）へと解消しようとするポスト・モダンの身振りとは異なっている。ハンナ・アーレントは現象の〝間〟を運動するのである。したがって、彼女の運動が、その他者性によって最も自由な者たちをも制約してしまう「外部」によって妨げられる可能性は残される。

運動性、つまり、全てを新たに、伝統を負わない目で見ることのできる能力の本質は、無制約な解消ではなく、離脱（Verlassen）とそれに伴う均衡への回帰であると考えられる。形式付与力としての均衡を重視する彼女の立場は、全てのメシア的、黙示録的な考え方と対立する。持続性と、持続性が物質化したものである制度抜きには、共通世界は存在し得ないのである。

ハンナ・アーレントは、伝統を批判的に問い直すことが、革命への視座、あるいは「なるようになれ anything goes」- パースペクティヴに直結するわけではない、という自らの立場を擁護する証人として、再びレッシングを召喚する。

レッシングは、「世界と公共圏においていかなる共鳴も見出だすことができなかった（……）にもかかわらず、彼なりの仕方で常に、世界と公共圏に対して義務を感じていたのです」（13頁）暗い時代においても、世界と世界に対する責任からの退却は、かなり問題なのである。

内的移住においては、世界からの分離を通して確保される批判的な精神姿勢も、リアリティーを失っていき、何の効力もないものへと突然変異する危険がある。こうした文脈においてハンナ・アーレントは、心地好い政治神話を破壊していく。

そのように暗い時代には不可避的に、公共的空間から私的空間へと退却するよう強制する圧力が働くわけであるが、内的移住を起点として、「あたかも一九三三年から一九四五年までの歳月はなかったかのように」、リアリティーによるショックを通り越して現在にまで通じる純粋な人間性の橋をかけることはできない。

起ったことを、人間相互の諸関係、表象とカテゴリーに対する現実的影響において把握しようとする姿勢の欠如は、いっぽうで、〝迫害され殺害された人達はより良き人間性の代表〟であるというセンチメンタルな思い入れに対応している。

ハンナ・アーレントが、排除された者たちの間に、他の人々の知らない特別な人間性が発展し得るのではないかと夢見ているのはたしかだ。しかしこうした人間性は普遍化できない。人間だけがおり、様々な個人がいないこうした領域では、他者と対話したいと称しながら、現実にはその差異をそもそも認識していない疑似政治的表象が増殖する。ドイツ人がユダヤ人の苦しみを自分のものにしてしまう倒錯した終末論が生じている。こうした状況下で、理想的な変革メディアとして機能するのは、政治思想においてルソーに支配的立場を獲得させ、かつ理性と同様に全ての人間に共通の本性として想定されるに至った同情である。

ハンナ・アーレントによれば、一八世紀の合理主義と感傷は、「同じ事柄の二つの側面であり、両者とも、自分は全ての人間と兄弟として結びついていると感じる熱狂的な膨脹に通じる」わけであるが、それは「共通の可視的な世界の喪失を補償するための――不可視のものの内に局所化された――内面的な代替物」（37～38頁）にすぎないのである。

兄弟的結合性の感情は、とりわけ同情を通して、説得力をもって産出される。というのは、同情は心から生じてくるからである。心よりもより生き生きし、より自然なものはあり得ない。文明の人工性と疎外に直面して、人間と人間を再生させる力の間の直接的で生き生きした絆を求める要求が、西洋の伝統全体に浸透するようになる。

ハンナ・アーレントがルソーに対してシャープな批判を展開したのは、彼が政治的思考を自然化したからである。同情が世界への道であったレッシングとは違って、ルソーはこの世界を人間本性の内部に係留する。

人間の本性についてアーレントは、そうしたものが全くないのは想像し難いが、〝本性〟についてのルソー的イメージ（表象）が支配的になっているせいで、他者に対して影のようにぼんやりした実存しか認めない「不気味なまでのリアリティー喪失」状況が生まれている、と述べている。

そうした「不気味なまでのリアリティー喪失」は、常に〝人間〟についてのみ語り、「表面の権利 Recht der Oberfläche」、即ち多元性を関心の外に置いている啓蒙主義の人間性イメージ全般について当てはまることである。

そういうわけで、「人権のアポリア」は、全体主義支配の生成条件をめぐる彼女の考察の中心的テーマになっている。世界社会がリアリティーになった瞬間に、一九世紀に生まれた理想主義＝観念論の語彙が二〇世紀の政治的課題に見合うまでに成長していなかったことが明らかになった。

産業主義によって〝遠さ〟が破壊され、諸民族が次第に密接に関係し合うようになっていく時代において、個人は、伝統的な社会的拘束と価値イメージの喪失によって全くもって自立することを余儀なくされたが、もはや政治的責任の重荷を引き受ける用意はない。そうした個人の内に、新しい大衆性が発展してくる。

しかし同時に、様々な民族の間の距離の止揚を通して、各人はより包括的な責任と対峙することになる。他者があまりにも近付いてきたわけであるが、それは〝他者〟が文化的特殊性を喪失する傾向が支配的になっているからである。象徴的不平等は消滅するが、実在的な不平等は増大する。

同情は、単にこの危機からの出口を示すことができないだけではなく、ある重大な欠落にヴェールをかけて覆い隠す。それは、差異と同一性＝平等（Gleichheit）に対応して、変化した条件に枠組みを与えられるような新しい政治的コンセンサスと国際条約の欠落である。

同情が、他者に対する相互承認の基礎であり得ないのは何故だろうか？　それは同情が距離（Distanz）を破壊するからである。距離というのは、拡大された思考様式（die erweiterte Denkungsart）つまり思索においてあらゆる他者の立場に身を置ける能力が展開し得る空間である。距離が破壊されれば、多元性も破壊される。政治的空間における同情は、人間的なものではなく、占有欲の現れである。一九六三年に刊行した革命についての本の中でハンナ・アーレントは、同情が連帯と取り違えられ、「多数者が一者となる」[★11]時に生じて来る荒廃的な帰結について詳細に論じている。

政治的思考において同情がこれだけ大きな役割を演じているのは、民主主義者の自己理解が正常に機能していない兆候である。これを指摘することでハンナ・アーレントは、連邦共和国の政治的メンタリティーの泣き所に触れた。それは、過去との対決の欠如のため、民主主義への同意が、その本質において経済的建設への同意になってしまったという問題である。[★12] この文脈において、同情は、疑似責任を組織化する機能を担わされているわけである。

こうした対決の中でハンナ・アーレントは、ヘーゲルに倣って批判的思考を〝否定〟として理解するあらゆる人にとって苛立たしいに違いない、それとは異なった〝批判〟の形態を発展させた。彼女は否定せず、分離して、新しい結合を編み出す。

こうした変革を通して、同情は、その有効範囲が限定されてしまうため、普遍的言説から部分的言説へと役割を縮小することになる。様々な現象を支配し、秩序化し、階層化する、人間の本性、理性、歴史についての普遍的法則に代わって、ハンナ・アーレントは、もはや論理的発展によって導かれ、統合されることなく、独自の連合様式（Assoziierungsweise）を展開するはずの多様な場の配置（Gliederung）を想定する。

このように、複雑で、それ自体内においても流動的な配置の中に、逆説的な思考形象が組み込まれていく。同情とは違って、同一化作用抜きの肯定としての〝喜びの分かち合い

Mitfreude《》は、そのような逆説性を帯びている。喜びの分かち合いは、他者からその他性と異質性を奪うことのない、他者への開放を特徴としている。喜び（Freude）のように未来志向ではなく、現在的であり、だからこそ、政治的空間に持ち込むことが可能なのである。喜びの分かち合いは、自らに適した同盟パートナーを、友情と会話の内に見出だす。

ハンナ・アーレントがアリストテレスを継承して叙述しているように、この二つの現象は親密性（Intimität）の領域ではなく、政治文化に属する。会話と友情をめぐる問いが、彼女の作品全体を貫いており、とりわけても彼女のドイツ・ロマン派との対決において決定的な役割を果たしている。一九三〇年から書き始め、パリ亡命中に書き上げたラーエル・ファルンハーゲンの伝記の中で、彼女は既に、政治的なものからロマン派のサロンの親密性への退却を批判している。

サロンの人為的な条件下での語り合いにおいては、各人格の同質性（Gleichheit）が擬似的に想定（simulieren）されているおかげで、主観的な着想がお互いの間で無限に多重化していくわ

★11 Hannah Arendt, *Über die Revolution*, München 1974, S.120
★12 Wolfgang Mommsen, *Nation und Geschichte*, München/Zürich 1990, S.50f.

けであるが、そうした語り合いには、本来の意味での差異に対する理解が欠けていた。

他者が本当に〝他〟であるという経験に対するこのような無知は、感受性に基づく友情カルトの特徴でもある――このカルトの本質は、他者経験ではなく、むしろ魂の共鳴である。しかしながらまさにこのせいで、友情をハンナ・アーレントにとって興味深いものにしていた、一つの決定的に重要な特性が、このカルトにおける〝友情〟理解から抜け落ちてしまうことになる。

その特性とは、友情とは固定化不可能であり、常に繰り返し産出されねばならず、そのため他者への関心を持ち続けることが必要とされる、という点である。友情は、諸個人の〝間〟の差異を前提に成立しているが、同時に、そうした差異を乗り越えてしまう性質が備わっている。

あらゆる友情は、自らの空間を創出しなければならず、会話が持続する限りでのみ存在するのである。友人の間での会話には、自発性と共に、始まり（Anfangen）に向けての革新的な力が備わっている。そして公共圏の中での語り合いが消滅の危険に瀕している、あるいは、既に破壊されている度合いが高ければ高いほど、その分だけ、会話の重要性が増すのである。

喜びの分かち合いが、ハンナ・アーレントにとって決して単なる政治的な願望プロジェクトでないということは、アメリカの独立運動における「公的幸福 public happiness」についての彼女の詳細な叙述から読み取ることができる。彼女は、この運動の中に、公共的アンガジュマンが負担と受け止められることなく、「その逆に、いかなる私的営み」によっても到達できない「満足感」を与えてくれる経験があった、と指摘している。

他のいかなる感情にもまして、自由に故郷を与えることへの喜びこそが、公的生活を形作るものを生み出しているのである。そして自由への喜びは、こうした公的生活形成の機能を果たすに当たって、経済的なものにせよ社会的なものにせよ他のいかなる正当化も必要としない。「公的幸福」というイメージは、単なる観念ではない。このイメージの中で、現実的な経験が表現される。それは、自由は、他者に対する開かれた姿勢、及び他者の表象によって触発される寛容さと調和することができるという経験だ。

ハンナ・アーレントは、自由のこうした問題を孕んだ側面を、徹頭徹尾意識していた。自由とは恵みなのか、それとも私たちは自由へと運命づけられているのか、いずれとも断言することはできない。「私たちは今や自由を愛しているのか、それとも自由の恣意性を忌み嫌っているのか？　自由は私たちに『合って』いるのか、それとも私たちはむしろ一種の運命主義に傾斜して、自由に伴う恐るべき責任を回避した方がいいのだろうか？[★13]」。しかし、自由を道徳的

★13　Hannah Arendt, *Vom Leben des Geistes Bd.II, Das Wollen*, München 1979, S.207

重荷、もしくはカオスと悪が生じて来る深淵として理解すれば、[14]「世界は決して二人の人間に対して同じ側面を示さない」ことへの「喜び」が、最初から圧迫されてしまう。そうなったら私たちは自分自身から、イタロ・カルヴィーノの言う軽やかさ、私たちが所与のものの重力によって押し殺されるのを防いでくれている軽やかさを奪ってしまうことになる。

喜びの分かち合いと判断力は、個人を自由へと勇気づけることができる。両者は、多様な場所からリアリティーに接近していく能力を付与する。両者は、道徳的強制であれ理論的強制であれ、いかなる強制にも依拠しない共通性のイメージを開示する。これらは、具体的なものを一般的な規則の下に包摂することなく、認識することができる。

その意味で、伝達＝共有可能性（Mitteilbarkeit）によって方向づけられているといえる。というのは、共通世界は、まずもって発明されねばならないものであり、かつ、「人間たちによって持続的に語り続けられない限り、文字通り〝非人間的〟なもの」（57頁）であり続けるからである。

ハンナ・アーレントは、喜びの分かち合いを疾しさなしに擁護する自らの立場を、ギリシアとローマの伝統から得られた経験によって説明しようとしているが、そのためむしろ、彼女の言説の新しさが隠蔽されている。彼女が、喜びの分かち合いの例で明らかにしたのは、二項対立的な「認識」や「社会分割」は、政治の領域にとって致命的であるということだ。彼女が想起させようとしている肯定はオープンで、多義的で、批判的で、変化可能である。「ポジティヴでもネガティヴでもなく、ラディカルに批判的」、しかし「世界に対して義務を負い」、決してその大地を離れることなく、決して「ユートピアへの熱狂」の中で高揚することがない、という導入で彼女はレッシング講演を語り始め、それによって同時に自らの関心を

★14　ドイツ語圏の哲学風景においては、「自由と悪」というテーマをめぐって、極めて激しく、深い意味が込められた多くの雄弁な論議に火が点いた。とりわけ、vgl.Rüdiger Safranski, *Das Böse oder das Drama der Freiheit*, München/Wien 1997; Alexander Schuller, Wolfert von Rahden, *Die andere Kraft. Zur Renaissance des Bösen* Berlin 1993。ドイツ哲学の政治的自由に対するルサンチマンと、同時代の哲学的うぬぼれについて、ハンナ・アーレントはブルーメンフェルト宛の書簡の中で以下のように書いている。「それ（誇大妄想——ドイツ人の病気）はどこからやって来るのでしょうか？　どうしてもっぱらライン河畔で文明は終わってしまうのでしょうか——英語で『文明化された人間 civilized human being』と呼ばれるもののことです。レッシング、ハマン、カント、ヘルダーと共に一八世紀を見れば、そうしたものの痕跡は見出せません。それはゲーテと共に始まるのです。そして神が私たち全員に、ヘーゲル、フィヒテ、シェリングといった哲学者諸氏を、個人的に享受しなくてもいいよう加護して下さらんことを祈るばかりです」(in: Hannah Arendt, Kurt Blumenfeld, »...*in keinem Besitz verwurzelt.*« Die Korrespondenz, Hamburg 1995, S.196)

明確にしている。

政治を異なった仕方で思考すること、二元論的でも弁証法的でもなく、多元的に思考することである。この姿勢は、決して自ずから理解できるものではない。それには、伝統の再考が必要である。演説の中で彼女は、こうした再考に一つの方向性を与えている。

彼女は「暗い時代における人間性」というテーマを、道徳的な言説から政治的言説へと変換する。それを通して彼女は、プラトンがソクラテスの判決に驚愕して、自らの関心を「人間はポリスなしでどのように生れるか、そしてどのようにポリスを再組織化したら、ポリスの外部にあってもポリス的に生きられるようになるのか」[★15]という問いに向けて以来、失われてしまった複雑な問題系を記憶に呼び戻したのである。

政治的理由からプラトンは善の観念と取り組み、その後、この観念を哲学的に規定している。「そのようにして彼は哲学を政治に、政治を哲学に持ち込んだのである。その結果は、道徳である」[★16]今や彼女が企図する哲学的要素と政治的要素の差違・分化（Auseinanderdifferenzierung）によって、政治的活動の自立性が復権されたのである。「私たちが活動を開始するやいなや、全ての道徳が始まりの措定を拒絶しようとする。

こうした始まりを、道徳は決して予見していなかったのだ」[★17]自発性、つまり新しいものを始める能力の内では、ルソーが考えていたように、社会によって歪められてきた人間の根源的に自由な本性が現われるわけではなく、活動の結果として生じてくる予見不可能なものが現われるのである。それに対して道徳は、計算できないものを、人間相互の連関に信頼性を生み出す構造の内へと組み込もうとするのである。

人間的活動の予見不可能性とその破壊的帰結と和解できるようにするために、ハンナ・アーレントはアリストテレスのカタルシス論に言及している。「後向きの想起」としての堪え忍び(Erleiden)の中で、私たちは、「そうであって、他の仕方で起こらなかった」ことと折り合いをつけていくのである。

しかし決して生じてはならない出来事に直面すれば、カタルシスも、純粋でまたとない道徳的動揺に耐えられなくなるかもしれない。カタルシスは、「問題を解決しないし、苦しみを和らげもしない。何も最終的に克服しないのである」。カタルシスとは、民主主義を挫折させて

★15 *Denktagebuch Heft XVIII*, S. 1, Literaturarchiv Marbach
★16 *Denktagebuch Heft XIX*, S.14, a.a.O.
★17 *Denktagebuch Heft XXI*, S.13

しまうかもしれない沈黙の壁に開いている〝穴〟なのである。

その意味でカタルシスは、事実を受け入れてしまい、必ずしも全ての犯罪が罰せられるわけではないという事態が続くのを容認してしまうプラグマティックな解決ではないのである。カタルシスの中で、社会を貫く裂け目が現われてくる。そして、この裂け目が「常に繰り返す物語」に対して開かれたままであることを通してのみ、社会は対話能力を再獲得するのである。

カタルシスの政治的ディメンションの本質は、人が道徳的に折り合いをつけることのできないリアリティーの意識的受け入れにある。政治には、こうした「折り合いをつけられないこと」のために空間を提供するという課題がある。政治と道徳の間の差異が消滅すれば、カタルシスは儀式と化す。そして、この儀式の中で、どのようにすれば「恐るべきものを感傷的なものへと変造」することなく共通世界に回帰することが可能になるか、という問いは停止してしまう。

政治と道徳を分離したうえで、両者の遭遇から生じる効果を探求してみようという思想がドイツの公共圏で反響を呼ぶというのは想像しがたいことである。

今日でもなお、そのような形で道徳の位置価を限定しようとすれば、〝哲学の悪漢ニーチェやカール・シュミットの再登場に抗議する〟カッサンドラの叫びを呼び起こすことになるだろう。自らの政治的怠慢の後始末に躍起になっている国では、政治が道徳へと硬直化する恐れがある。

「過去についての問いをめぐる会話の中で」ドイツ人が示す「根深い不器用さ」の背景には、「最も本来的な意味における政治」の欠如がある。ハンナ・アーレントがレッシングを例にテーマ化している自由は、「多くの声があり、『真理だと思っているもの』の表明が人々を結合すると共に相互に分離するように作用する」（70頁）空間と結びついているのである。

ハンナ・アーレントは、ニーチェのように人間の群れについて語ることはないが、「社会における一緒（Zusammen）」には真の多元性のメルクマールが欠けているという見解を、彼と共有している。

こうした状況では、社会的再生産の強制と科学的・技術的法則に対抗する自由はない。各人に求められる特性と能力は常に〝同一 identisch〟であり、かつ反復可能である。世界が、各人に対して「自動的な機能以上のものはほとんど」要求しない「有職者」の社会へと同質化していく問題に対するハンナ・アーレントの回答は、基本的に、主体の自律性の拡張ではなく、[18]

★18 Hannah Arendt, *Vita activa*, München 1981, S.314

権力を多様化させる政治的参加形態の設計を目指すものである。

権力が多様化することを通して、大衆の一致＝単声性（Einstimmigkeit）と主権者の一なる声（Eine Stimme）が分解されていく。分割は、権力の多様化であると同時に制約であり、差異化された「バランス・オブ・パワー」である。差異化された「バランス・オブ・パワー」においては、意見の多元性は、構造化された政治意識と様々な政治的空間へと変貌することを通して保持されるのである。

共和制と民主主義は、運動と持続、直接的政治権力と代表される政治権力、自発性と規則、法と正義の〝間〟の全面的に固定化し得ない関係として存在するのである。その点でハンナ・アーレントは、民主主義は、より計算可能で、より雑音なく機能するようになればなるほど、安定化してくるというマックス・ウェーバーの見解とも一致していない。

リベラリズムと自発主義（Spontaneismus）は、政治的活動の様々なディメンションとレベルを単純化するという点で共通している。リベラリズムが、統一性を形成し、政治的諸空間を発展させていく技術をおろそかにするとすれば、自発主義は、民主主義の複合的構造を底辺における政治的活動に還元してしまう。

「政治とは何か」。一九五五年に彼女は、当時の政治哲学において支配的になっていた「政治が生じてくる場（Ort）を見ようとしない」傾向に直面して、自ら企画した研究プロジェクトにこういうタイトルをつけている。

政治が可視的で、その中を通行できること、即ち、政治は人間の本性とか意志を基盤にするものではなく、義務・法意識を通してしか到達できないような場ではないということが、彼女の講演に込められた特別なメッセージである。

彼女と共に議論しようとするのであれば、まず、政治的なものをめぐる誤解の結び目を解いておく必要があるだろう。その場合の〝場〟というのは、彼女の洞察や思考実験が行われる場でもある。そうした場は、その相互結合を通して初めて――常に様々な視座からのアクセスが可能である――一般的な布置状況（Konfiguration）が形成される個別空間として生じてくる。ハンナ・アーレントの講演のユニークさは、彼女が当時支配的になっていた了解に反して思考しながら、同時に、そこに以前にはなかった、そしてその中で新しい対話の可能性が現れてくる政治空間を開示している点にある。

彼女の演説は明らかに、連邦共和国における文化的・政治的基準に対して斜に構えた態度を取っているが、決して挑発ではない。新聞はこれに対して概してポジティヴに反応した。[★19]

そうした反応の中には、新しいものを古いもののように見えさせる彼女の「思考の鋭さ」と

「人間的暖かさ」に対する普通の〝称賛〟と並んで、「政治の意義」に言及したことへの同意も見られた。議会においても、彼女の演説に対する反響があった。

反ユダヤ主義的な暴力行為の波が起こっている情勢下で、一九六〇年二月、連邦議会で論争が行われた。カール・ヤスパースはハンナ・アーレント宛ての書簡で、政府声明の中に彼女のレッシング講演からの引用があったことを指摘している。

「それはあなたが、『そうであって、他の仕方で起こらなかったと知り、耐えぬくこと、そして、そこから帰結してくることを見つめる』時の『困惑』について語っている部分です。『ユダヤ人女性の移住者』、『その深い洞察』について語られた後で、最後に、『紳士淑女の皆さん、これは実際に後で熟慮するに値する思想だと思います』と締め括られています」

そして彼はこれに、「ドイツではあなたの声を聞きたい人々が増えています」[20]という総括をつけ加えている。実際にセンセーションになったのは、その少し後のことだった。ヤスパースはティロ・コッホとのラジオ対談で、自由は再統一に優先されるべき、という立場を表明した。[21]これは、「これまでドイツ・ナショナリズムに対してなされた最大の一撃となった」、とハンナ・アーレントはコメントしている。「そしてこれは、いわゆる右翼といわゆる左翼が同じ陣営にいることがすぐに露呈されてしまいそうな、そうした奇妙な陣営からの明確な決別に通じるかもしれない」[22]というのである。

「自由が問題であり」、自由の選択こそが「原理的なオルターナティヴ」であるというのが、彼女のレッシング講演の中心部分を形作っている。しかしタブーを破ってしまった点で、この態度は政治的挑発となってしまった。

「諸民族の権利としての自己決定は国家形態と内政的諸関係に関わるものであって、一定の外交的帰結をもたらすことになる、いわゆる国民の自決権を含む必然性はない」という思想は、今日でもなお挑戦的である。

こうした一連の経緯は、彼女の講演が今や何の妨害もなく、事物の通常の流れに統合され得るようになったことを意味するのだろうか？　決してそうではない。しかし彼女は、ドイツ社

★19　講演への書評は、米国会図書館（Library of Congress, Washington）に所蔵されている。
★20　Karl Jaspers an Hannah Arendt, 5. März 1960, in:a.a.O. S.425
★21　Gespräch mit Thilo Koch, Norddeutscher Rundfunk 108.1960; abgedruckt in der *Frankfurter Allgemeinen Zeitung* vom 17.8.1960
★22　Hannah Arendt an Karl Jaspers, 22. August 1960, in: a.a.O., S.434

会が十五年間の忘却の試みを経て、ようやくその兆候を示すようになった思考転換（Umdenken）の文脈の中に立っていたのである。

そうした転換が顕在化する契機になったのは、最初の大アウシュヴィッツ裁判においてである。自由を擁護し、自らの独立した判断のみを頼りにする人は、不安定な地に足を踏み入れることになる。そのことをハンナ・アーレントはアイヒマン裁判の報告に際して、カール・ヤスパースは、『連邦共和国はどこに向かうのか』の刊行に際して経験したのである。両者は、いかなる制度にもいかなる運動にも頼らない人が陥っていく空虚を感じた。ヤスパースはそれを、耐えられるかどうか分からない「公共性の冒険 Wagnis der Öffentlichkeit」と呼んだ。

八〇歳になったハイデガー

マルティン・ハイデガーの八〇回目の誕生日は、彼が公的生活を開始した五〇回目の記念日でもある。彼は既にドゥンス・スコトゥス[*1]についての本を出していたが、彼の公的生活は、著述家としてではなく、大学教師として始まったのである。手堅いところで関心を引くものの、依然として慣習に従っていた研究成果の発表から三、四年しか経たない内に、彼は、この本の〝著者〟とは全く別のものになってしまったので、彼の学生たちはこの本のことをほとんど知らなかった。

プラトンがかって述べたように、「始まりもまた一人の神である。彼は人々の間に住んでお

*1　Duns Scous（1266頃－1308）スコットランドのスコラ哲学者。ハイデガーの最初の著作は、教授資格論文として執筆された「ドゥンス・スコトゥスの範疇論と意味論」（一九一五）であり、一九一六年に刊行されている。

★は訳注を示している。以下同様。

り……万物を救って下さる」（Laws〔法律〕773）のだとすれば、ハイデガーのケースでは、始まりは誕生日（一八八九年九月二六日、メスキルヒ）でも、彼の最初の本の出版でもなく、彼が一九一九年にフライブルクで一私講師かつフッサールの助手として行なった最初の講義である。ハイデガーの「名声」が確立されたのは、それから約八年後に出された『存在と時間』の出版時である。この本は常識を越た成功――それはこの本が単に学界の内外に直接的なインパクトを与えたというだけではなく、二〇世紀において比較し得る他の例があまりない、異常なまでに長く続く影響を及ぼしているということである――を収めたわけであるが、そうした成功がそれに先立つ、学生たちの間での教師としての名声がなくても可能であったかどうか疑問である。いずれにせよ学生たちにしてみれば、本の成功は、彼らが何年も前から知っていたことを確認したにすぎないのである。

こうした初期における彼の名声にはいくぶん奇妙なところがあった。二〇年代前半におけるカフカ、あるいは一〇年代におるブラックやピカソの成功よりも奇妙だったといえよう――彼らも一般に〝公共圏〟と呼ばれるものには知られていなかったにもかかわらず、異常なまでの成功を収めたわけであるが、ハイデガーの場合、彼の名声の基礎になるような確固としたものはなかった。

学生たちの間であちこち出回っていた講義ノート以外に書かれたものもなかった。それらの講義は、一般的に親しまれたテクストを扱ったものである。その中には、学ばれ、再生産され、伝達されていく可能性のあるドクトリンなど含まれていなかった。ほとんど名前だけだった。しかしその名前は、まるで隠れた王についての噂のように、ドイツ中を駆け巡った。

これは一人の「師」を中心とし、その人物によって導かれる「サークル」（例えば、シュテファン・ゲオルゲ・サークル）[*2]のようなものとは全く異なっていた。そうした「サークル」は通常、たとえ公共圏に対してよく知られていても、秘密のアウラ、恐らくそのサークルのメンバーしか関与できないような帝国の秘密（arcana imperii）によって公共圏から隔絶され続ける。それに対してハイデガーの周囲にできたグループには、秘密もメンバーシップもなかった。噂を聞いて集まってきた人々は明らかに互いに顔見知りであった。皆学生であり、彼らの間には時として友情が成立していた。後になってあちこちに、徒党ができてきた。しかし決してサークルにはならず、彼を信奉する人たちの間に秘教的なものはなかった。

＊2　ドイツのゲルマン神秘主義的詩人シュテファン・ゲオルゲ（Stefan George 1868-1933）を中心に形成された秘教的なサークル。ドイツ語圏では、秘教的なサークルの代表としてしばしば引き合いに出される。

誰に対して噂が広がっていたのか、そして、それはどういうものだったのか？　第一次大戦後のドイツの大学では、反逆はなかったものの、学生たちにとって（アメリカの）プロフェッショナル・スクール以上の意味を持っている（ドイツの大学の）諸学部における教育・研究を始めとした学問的な営みに対する不満が広がっていた。単なる生活の糧のための準備を越えた高次の目的で、勉学に携わっていた学生たちの間で動揺が強まっていた。

哲学はパンを稼ぐための勉学ではない。まさに学ぶために、決意して飢えを堪え忍んでいるだけになかなか満足しないような学生のための学問である。彼らは決して生活あるいは世間的知恵を志向していなかった。また、全ての謎の解決に携わっているあらゆる人にとって、様々な世界観とその党派に関して広範な選択の余地があった。それらの間でどれか選択するためにわざわざ哲学を勉強する必要はなかったのである。

しかし彼らは自分たちが何を求めているのか知らなかった。大学が通常彼らに提供するのは古いディシプリンだけであり、その中で伝達されるのは、学派――新カント学派、新ヘーゲル学派、ネオ・プラトン主義者、等々――か、いくつかの特殊領域――認識論、美学、倫理学、論理学、等々――にきれいに分割された哲学だけである。いや、むしろ、そうしたディシプリンのおかげで退屈の大海の中で溺れさせられると言った方がいいだろう。

ハイデガー登場以前に、この心地よい、そしてそれなりにかなり堅固な事業体に対する少数の反逆はあった。年代的に最初から挙げていけば、まずフッサールと「事象それ自体へ」という彼の叫びがあった。この叫びは、他の学問的ディシプリンと並び立つ厳密な学としての哲学のエスタブリッシュメントに対して、「理論を離れよ、書物を離れよ」と呼びかけるものであった。

これは、依然として素朴で、非反乱的な叫びではあったが、それに対して最初にシェーラーが、そしていくらか後にハイデガーが呼応することになった。それに加えてハイデルベルクには、意識的に反逆的で、かつ、哲学とは別の伝統の出身であるヤスパースがいた。周知のように、彼は長い間ハイデガーと懇意にしていた。それはまさに、哲学についてのアカデミックな会話を通して、ハイデガーの企ての中の反逆的要素が、ヤスパースに対して独創的で根本的に哲学的なものとしてアピールしたからである。

こうしたごく少数の人々に共通していたのは、ハイデガーの言葉で言えば、彼らが「学問の対象と思想の問題を」(Aus der Erfahrung des Denkens 1947)[★1] 区別できたこと、そして、学問

★1 See "The Thinker as Poet" in Poetry, Language, Thought, trans. A.Hofstadter(New York,1975).

★は原注を示している。以下同様。

の対象の方には全くもって無関心だったことである。この当時ハイデガーの授業についての噂が、伝統の崩壊と「暗い時代」（ブレヒト）の到来を多少なりとも意識していた人々の耳に入ってきたのである。彼らは、哲学についての博識の披露は無駄なゲームと見做していた。従って彼らが学問的ディシプリンとしての哲学に携わるのは、もっぱら「思想の問題」、もしくは今日のハイデガーであれば「思索の事象へ」（Zur Sache des Denkens〔思索の事象へ〕、1969）と呼ぶであろうものに関心を持っていたからなのである。

後になってマールブルクの若い教授[*3]に引き付けられたのと同様に、彼らがフライブルク、そしてそこで教えていた私講師に引き付けられる原因となった噂とは、フッサールが問題にした「事象」を実際に獲得しつつある人がいる、これらの事象がアカデミックな問題ではなく、思索する人間たちの関心事――昨日や今日の関心事ではなく、記憶を越えた太古からの関心事――であると知っている人がいる、まさに伝統の糸が途切れたことを知っているがゆえに過去を新たに発見しつつある人がいる、というものだった。

例えば彼の講義で、プラトン自身について語られることがないまま、イデア論が解釈されていったことには、技術的に決定的なインパクトがあった。全学期を通して、一つの「対話」だけが追求され、その中で一歩一歩問いが掘り下げられ、最終的には由緒ある教理が消滅し、代わって、より直接的で、差し迫った重要性のある一連の問題群が現われてくる、というスタイルで授業が行われたのである。今日だと、これはかなり御馴染みのことになっているかもしれない。現に、多くの授業がそういう風に進められている。しかしハイデガー以前に、それをやった人はいなかったのである。

ハイデガーについての噂は、そうしたことを極めて簡潔に伝えていた。思考が生き返った。死んだと思われていた過去の文化的資産が語り出し、そうした流れの中で、これまでそれらが指し示していると思われてきた、慣れ親しまれ、擦切れた陳腐さとは全く異なったものが提起されていることが明らかになったのだ。教師が存在する。彼から学べるかもしれない。

そういうわけで、隠れたる王が思索の領域で君臨するようになった。思索の領域は、全面的にこの世界に属しており、世界の中に隠されているので、そもそも存在するのか否か断言することはできない。しかしながら、その住民は通常考えられているよりもずっと多かったはずである。というのも、もしそうでなかったとしたら、ハイデガーの思索と着想に富んだ読解の影

＊3　ハイデガーは一九二三年から、フライブルクに戻る二八年まで五年間、マールブルク大学の哲学教授を務めた。

響が、学生と弟子たちのサークルを越え、〝哲学〟と一般的に理解されているものを越え、前代未聞の仕方で――しばしば地下において――拡大していったことを説明できない。

我々がその存在を（ジャン・ボフレ[*4]がやったように）正当に探求すべきは、〝ハイデガー哲学〟ではなく、二〇世紀の精神的観相学を決定的に規定する要因になった〝ハイデガーの思索〟である。この思索には、独特な掘り下げていくような質が備わっている。それを言語学的に表現すれば、「思索する denken=think」という動詞の他動詞的な用法ということになるだろう。

ハイデガーは決して何か「について」考えない。彼は何か「を」考えるのである。彼は、この全く非観照的な活動において事物の深層へと突き進んでいったが、それは、これと同じやり方では以前に発見されなかったと言えるような〝究極的な〟〝確固とした〟基礎を発見するためではないし、ましてやそれらを明るみに出すためなどではない。むしろ、彼は頑強に〝そこ〟に、地下に留まり続けることで、道を敷き、「道標 Wegmarken」を付けようとしたのである（一九二九年から六二年にかけてのテクストを集めた論集にはこのタイトル、『道標』が付けられている）。

こうした思索は自ら課題を設定することができる。「問題」を扱うことができる。当然のことながら、この思索は常に自らが従事しているもの、あるいはより正確に言えば、自らによって覚醒されたものと特殊な関わりを持つ。しかし、そうした営みにゴールがあると言うことはできない。この思索は止まることなく活動的であり、道を敷くということは、予め視野に入っていて、そこへと導かれていくようなゴールに到達することよりも、むしろ新しいディメンションを開示することに繋がっているのである。

この道は、（一九三五年から四六年にかけての論文集のタイトルに因んで）『杣径 Holzwege』と呼んでもよかろう。杣径は決して森の外に通じることがなく、「人が足を踏み入れたことのないところでいきなり止っ」たりする。そのため森を愛し、森の中でアットホームに感じる人にとっては、哲学の専門家や観念史家たちの探求を加速させる用意周到に敷かれた問題の道筋よりも、はるかに心地よいのである。

「杣径」というメタファーは、本質的な何かに触れている。それは、すぐに連想されるように、

＊4　Jean Beaufet（1907–1982）　フランスのハイデガー信奉者。第二次大戦中は対独レジスタンスの闘士として活躍したが、終戦直後にサルトルが行った講演『実存主義はヒューマニズムであるか』に刺激されて、一九四六年にハイデガー宛てに、「どうすれば『ヒューマニズム』という言葉にその意味を取り戻すことができるのか」という質問状を書いた。それを機にハイデガーは、『ヒューマニズム書簡』を書き、ボフレはハイデガーの取り巻きの一人になった。ハイデガーの没後に、彼のナチス加担をめぐる論争で、あくまで彼を擁護したため、ファリアス等から激しく批判された。

誰かが道の途上で行き止まりにぶつかるというようなことではなく、むしろ、森を仕事場にしている樵のような人物が自分で踏みならした道を歩んでいく様を表象している。そして、道を切り開くことは、木を伐採することと同様に彼の一連の仕事内容に属しているのである。

このようにしてまさに自己自身の思索によって掘り下げられ、切り開かれた深い平面上でハイデガーは、思索＝道の広範なネットワークを敷設していった。そして、当然のごとく関心を引き、時として模倣される唯一の直接的な成果というのは、いわば破壊工作として地下トンネルの穴を掘ることで、土台の安全が十分深いところまで保たれていない構造物の崩壊が引き起こされるように、伝統的な形面上学の建物――いずれにしてもその中で全面的に居心地がよかった人は長いこといなかったはずである――が崩壊する原因が彼によって作り出されたことであろう。

これは歴史的な事柄である――恐らくは、第一級の。しかしながら、歴史的に由緒のあるものも含めて全てのギルドの外部に立っている人は、これに心を患わせることはない。カントが特定の視点から見て歴史的な役割において傑出しているがゆえに、「全てを崩壊させる者」という呼称を与えられるのが相応しいということは、「カントとは誰か？」ということとほとんど関係ないのである。

いずれにせよ差し迫っていた形面上学の崩壊に対するハイデガーの貢献について言えば、我々が彼に、そして彼にのみ負うているのは、この崩壊がそれに先行していたものにふさわしい仕方で起こったということである。つまり形面上学がその終焉＝目的まで考え抜かれた、言ってみれば、単にその後に続くものによって抜かれてしまったわけではない、ということである。

それをハイデガーは、『思索の事象へ』の中で「哲学の終焉」と呼んでいる。しかしまさにこの終焉こそが、哲学の面目なのである。哲学は哲学とその伝統に最も深く囚われている者たちの手で、名誉の中で、終焉に向けて準備されていたのである。生涯にわたって彼は、哲学者たちのテクストについてのセミナーと講義を行い続け、老年に入ってようやく、自分自身のテクストについてセミナーをやるようになった。『思索の事象へ』には、「『存在と時間』講義についてのセミナーのためのプロトコル」が含まれており、これがこの本の第一部を形成している。

人々が思索することを学ぶために、ハイデガーについての噂を追いかけたことは既に述べた。その中で体験されたのは、純粋な活動としての思索――これは、思索が知識への渇きとか認識への衝動によって駆り立てられているわけではないということである――は、他の全ての能力や才能を支配し、抑圧するよりも、むしろそれらを整理し、それらを通して広がっていくのである。

私たちは、理性vs情念、精神vs生命という古い対立にあまりにも慣れており、そのため思考と生命性（aliveness）が一つとなる情念的な思考という観念が、私たちを幾分後ろへ引き戻すことになる。一つ実例を出せば、ハイデガー自身かつて、そうした両者の一体性を一つの文で表現したことがある。アリストテレスについての授業の始めに、彼は普通の伝記的導入の代わりに、「アリストテレスは生まれ、働き、そして死んだ」と言ったのである。

ハイデガーのいう〝情念的思考〟のようなものが存在するということは、実際、これから明らかにしていくように、哲学なるものが存在し得る条件なのである。しかし、とりわけ私たちの世紀において、果たしてハイデガーの思索なしでこのことが発見されたかといえば、それは事実上考えられないことであったと言わざるを得ない。

世界に生まれて有ること（being-born-in-the-world）という単純な事実から立ち上がり、今や「あらゆる有るものの中に君臨する意味を回想的かつ反応的に思索する」（Gelassenheit 1939 p.15）[★2]こうした情念的思考の最終ゴールは、単なる認識とか知識ではなく、生それ自体でしかあり得ない。生命の終焉は死であるが、人は死のためには生きない。なぜなら彼は生きる存在だからである。そして、彼はいかなる結果であれ何らかの結果のために思索しているのではない。彼が思索するのは、彼が「思索する、つまり瞑想する存在だからである」（ibid）。

このことの帰結として、思索は自らの生み出した結果に対して、とりわけ破壊的、あるいは批判的な仕方で作用することになる。確かなのは、古代の哲学諸派以来、哲学者たちが体系構築を志向する苛立たしい性質を見せてきたことである。そして私たちはしばしば、彼らが本当は何を考えていたのか明らかにしようとする時、彼らが建設した構築物を分解するのに困難を来すことになる。このような構築物を作ってしまう傾向は思考それ自体からではなく、全く異なった必要性、それ自体としては全く正当な必要性から派生する。

もし思索を、その結果から、直接的、情熱的な生命性を尺度に測りたいのであれば、ペネロペイア[*5]のヴェールのようにやっていかねばならない。つまり、昼間に紡がれたものを夜の内に無情にも再び解き、次の日に、また新しく始めるのである。ハイデガーの著作のそれぞれが、既に刊行されたものに時折言及しているにもかかわらず、あたかも新しい始まりからスタート

★2 Discourse on Thinking, trans. J.M.Anderson and E.H.Freud (Harper & Row,1966),p.46.

＊5 ギリシア神話の登場人物。オデュッセウスの妻。夫の長期不在中、言い寄ってくる求婚者たちに対する言い訳として、オデュッセウスの年老いた父親のために織っている衣服が完成するまで待ってほしいと言っていたが、夜になると昼間に織った分を解いて、先延ばしにし続けた。

し、既に自分自身が鋳造した言語を時として引き継いでいるだけであるかのように読めるのである。ただしその言語というのは、それを構成する概念が、思想の新しいコースを方向付ける「道標」として機能しているにすぎないような性質のものである。

ハイデガーがこうした思索の特異性に言及するのは、彼が、「思索の問題は何かという決定的な問いは、必然的かつ恒常的に思索に属する」ことを強調する文脈においてである。あるいは、ニーチェに言及しながら、「常に新たにスタートする、思索の無頓着さ」について語る文脈、また、思索が「逆戻りする性格」を持っていると語る文脈においてである。

そして彼が逆戻りを実行するのは、『存在と時間』を「内在的批判」に曝す文脈、あるいは、彼自身のかつてのプラトン的真理の解釈は「筋道が立っていない」と主張する文脈、あるいは一般的に、「常に撤回（retractatio）と化す」思想家の「後向きのまなざし」について語る文脈においてである——その場合の撤回とは、実際に取り消すということではなく、むしろ既に思考されたものを新鮮に再考することである（in: Zur Sache des Denkens, pp.61, 30, 78）。

あらゆる思想家は、十分に年を取りさえすれば、自らの思想の結果として現に出現してきたものを明らかにしようと努めるはずである。しかも、それらを素朴に再考することを通してそうするのである（彼はヤスパースと共に、「そして君が本当にスタートしようとしている今、君は死なねばならない」と言うことだろう)。思考している「私」には年齢がない。そして思想家にとっては、思索の内にのみ存在し、年齢を重ねることなく年老いていくことは、呪いであり、また祝福でもある。そして思索の情念は、他の情念と同様に、人を捉える。この呪いは、個人の諸資質――「意志」の下で整序された場合、そうした資質の総計が、我々が通常「性格」と呼ぶものを形成するのである――を捉えるのであり、そして、この猛攻に対して自己自身を保てない「性格」を無化してしまうのである。ハイデガーが言うように、猛り狂う嵐の「中に立って」おり、文字通り静止している時間に向き合っている、思索する「私」は、単に年齢がないだけではない。それは、常に特殊な仕方で〝他者〟であるが、個別な質は持たないのである。思考する「私」は、決して意識の自己ではないのである。

更に言えば、ヘーゲルが一八〇七年にツィルマン宛ての書簡の中で哲学について述べているように、思索とは「孤独なもの」である。それは単に、〝私〟が、プラトンが「私自身との音のない対話」(Sophist〔ソフィスト〕263e)と言っている意味で一人ぼっちであるからではなく、この対話の中で常に、言語によって完全に音声化され、発話の中で分節化されることがない、従って、他者にも思索家自身に対しても伝達不可能な「言いようのない」何かが反響しているからである。恐らくは、プラトンが第七書簡で言及しているこの「語り得ない」ものこそが、思索を孤独にし、そこから思索が立ち上がり、常に自己を更新し、永遠に変容し続ける豊かな土壌を形成しているのである。これはハイデガーにはほとんど当てはまらないことだが、思索の情念が突如として最も社交的な人間を悩まし、孤独への要求を突きつけ、その帰結として彼を破滅させてしまう、ということは十分に想像できる。

思索を情念として、あるいは、情念を耐えることによって生まれてくる〝何か〟として語った最初の、そして私の知る限り、唯一の人物はプラトンである。彼は、『テアイテトス』(Theaetetus 155d）の中で、哲学の始まりは不思議に思うこと（wondering）だとしている。彼が問題にしたいのが、私たちが何か〝異なったもの〟に遭遇する時に、私たちの内に起こってくる単なる驚きとか驚愕でないのは確かである。というのは、思考の始まりである不思議に思う気持ち——驚きや驚愕は科学の始まりではあり得る——は、日常において当然のこと、私たちがすっかり熟知し、馴染んでいるものに対して生じてくるからである。これは、思考がいかなる知識によっても満足しない理由でもある。ハイデガーはかつて、全くプラトンの言っている意味で、「単純なものを不思議に思う能力」について語ったことがあるが、プラトンとは違ってそれに、「この不思議に思うことを住処として選び、受け入れる能力」と付け加えている（Vorträge und Aufsätze, 1954, Part III, p.259)。

私には、この付け足しは、マルティン・ハイデガーとは誰であるか省察していくうえで決定的な意味を持つように思われる。というのは、多くの人――であってほしいわけだが――は、思索、及びそれと必然的に結び付いている〝孤独〟に馴れ親しんでいるが、それを自らの住処としているわけではないからである。

単純なものに対する不思議の念が彼らを捉え、彼らを屈伏させた時、彼らは自らが思索に従事しており、人間的な事柄が生起する就業の連続体の中での自らの場所から引き剝がされていることを知るわけだが、しばらくすると、そこに戻っていく。従ってハイデガーが語っている居場所というのは、隠喩的な意味において、人間たちの住居の外側にある。しかし、恐らくは（クセノフォンによれば）ソクラテスが最初に言及したとされる「思索の颪」は実際に強まる可能性があるものの、その嵐は、「時代の嵐」という隠喩よりも更に隠喩度が高いのである。

世界の他の場所と比較すると、人間的事柄の居住地、思想家の住居は「静寂さの場所」（Zur Sache des Denkens, p.75）である。根源的には、静寂さを生み出し、拡大するのは不思議さそれ自体である。そしてこの静寂さのおかげで全ての音に対して、そして自らの声に対してさえも遮られていることが、不思議の念から思索が展開してくるための不可欠な条件となったのである。

この静寂さに閉じ込められることによって、ハイデガーの言う意味での思索のディメンションに入ってくるあらゆるものに影響を与える特有の変態（メタモルフォーシス）が生じてくるのである。こうした本質的な世界から隔離された状態で、思索はもっぱら不在のもの、直接的な知覚から引き離された物事、事実、出来事とのみ関わるようになった。もしある人物に面と向き合い、彼を、その身体的現前性において明確に知覚したとしても、彼を考えているわけではない。そして彼が現前している時に彼について考えているとすれば、密かに、彼との直接的な出会いから身を引き離しているのである。思索の中で物あるいは人に接近するためには、その物あるいは人物が〝遠方において直接的に〟知覚できる状態になければならない。思考は、「遠方のものに近付きになること」（Gelassenheit〔放下〕, p.45［Discourse on thinking, p.68］）である、とハイデガーは言う。

この点は、御馴染みの経験によって容易に把握できる。遠くの場所にある物を見るために旅に出たとしよう。そうした過程の中で、私たちの見たものが、私たちがもはやそれらの印象を直接的に摑まえられなくなった時になって、もっぱら回顧あるいは想起という形で私たちに接近してくるのを目撃することがしばしばある――まるで、それらが、もはや現前しなくなった時にのみ、自らの意味を露呈するかのように。こうした関係の転倒――つまり、思索が〝近く〟

から身を引き離し〝遠方〟を〝近さ〟へと引き寄せることを通して、近くにあるものを遠ざけること――は、私たちが、自分は思索する時にどこにいるかという問いへの答えを見出だそうとする際に、決定的な意味を持ってくる。思索の中で記憶と化する「想起」は、思索についての思索の歴史の中で、精神的能力として傑出した役割を果たしてきた。なぜなら想起によって、感性的知覚において与えられる近さと遠さから、そうした転倒が現実に生じてくることが確証されるからである。

ハイデガーは、自分がアットホームに感じる「住処」、そして思索の住居についての自己の見解を、時折、暗示的な形で――そして大抵ネガティヴな形で――表明するだけだった。それは彼が、思索の問いかけは、「日常生活の一部である……それは決して差し迫った、あるいは支配的な必要を満足させるわけではない。問いかけそれ自体が『秩序から外れている＝故障している』のである」と言っているような文脈においてである（An Introduction to Metaphysics〔形而上学入門〕、Anchor Books. 1961.pp.10-11)。しかし思索におけるこうした近さ・遠さ関係と、その転倒は、まるで万能鍵のようにハイデガーの仕事全体を貫いているのである。ただし現前性と不在性、隠蔽と露呈、近さと遠さ、及びその相互連関と支配的な結合関係をめぐる彼の思索は、不在性が経験されねば現前性は有り得ない、遠さなくして近さなし、隠蔽なくして発見なし、という自明の理と関係ない。

思索の住処というパースペクティヴから見た場合、「存在の退却」あるいは「存在の忘却」というべき状況が、思索家の住居を取り巻く普通の世界、つまり、「日常の慣れ親しんだ領域」に君臨している。つまり、思索――これによって自然は不在になる傾向がある――が関与するものの喪失である。それに対して、この「退却」を帳消しにする道は常に、人間的事柄に関わる世界からの退却を通して敷かれてきたのである。ここから生じてくる遠方性が最も際立ってくるのは、思索がまさにそうした事柄について熟考し、独自の孤立化した静けさへと鍛練する時である。そういうわけで、既にアリストテレスは、プラトンという偉大なる模範を依然として生き生きと視野に入れながら、哲学者たちに対して、人間たちの事柄の領域（ta ton anthropon）を支配する哲人王を夢見ないよう強く警告している。

少なくとも時として「単純なものを不思議に思う能力」は、恐らく全ての人間に内在しているわけだが、過去から現在にかけて私たちに良く知られている思想家たちは、この不思議さの中から思考し、あらゆるケースにおいてふさわしい思索の道筋を展開する能力を発達させてきた点で傑出しているのである。しかしながら、「この不思議に思うことを自らの永遠なる住処と受け止める」能力はそれとは別の問題なのである。これは極めてまれなものであり、これをある程度の確かさをもって記述しているのは、プラトンだけだろう。彼は、『テアイテトス』(173d to 176) の中でこうした住居の危険について、再三、かつ極めて激烈に自己の見解を表明している。

ここで彼は、明らかに初めて、タレスとトラキアの農夫の娘の物語について記述している。この娘は、星を観察するために空を見上げて井戸に落ちる「賢人」を見て、天のことを知るといいながら、自分の目の前や足元のものに対して無知な人のことを笑った。アリストテレスを信用すれば、タレスは——彼の同胞市民たちがいつも彼の貧乏をあざけっていたのでなおのことひどく腹を立てた。そして、油搾機で大きく山をはって大もうけし、「賢人」はその気になりさえすれば、容易に金持ちになれることを証明した (Politics〔政治学〕, 1259a ff)。そして周知のように、農夫の娘が書物を書くわけではないので、やはり笑っているトラキアの子供は、「彼女はより高きものに対する感性を全く持っていなかった」というヘーゲルの言葉に従うべきだろう。

『共和国』の中で詩を終焉させるだけではなく、少なくとも守護者階級に対しては、笑いをも禁じようとしたプラトンは、哲学者の絶対的真理要求に反対する人々の敵意以上に、同胞市民の笑いを恐れていた。恐らくはプラトン自身が、思想家の住居は外から見れば、アリストファネスの「雲・カッコウの里」[*6] のように見えるであろうことをよく分かっていたのだろう。いずれにしても彼は哲学者の窮地を知っていた。哲学者が自らの思想を市場に出そうとすれば、公的な物笑いの対象にされる可能性がある。彼が年を取ってから、シチリアに三回出かけ、シラクサの暴君に、哲学に不可欠な入門、ひいては哲学者王の支配術への入門として数学を教えることを通して、彼を矯正する気になったのは、このせいかもしれない。

彼はこのファンタスティックな企てが、農夫の少女の視点から見た場合、タレスの災難よりもずっと滑稽に見えることに気付いていなかった。そして、彼がこれに気付いていないのはある程度までもっともなことだったと言える。というのは、私が知っている限り、いかなる哲学の学徒もいまだかつて敢えて笑おうとしなかったし、このエピソードを書き記した書き手で、笑おうとした人はいまだかつていなかった。明らかに人々は笑いが何のためにあるのか依然として分かっていないのである。恐らくは、常に笑いに対して悪意を抱いてきた思想家たちが、この点で彼らを意気阻喪させてきたからであろう――思想家の中にはごく少数、私たちを笑わせるような質問について頭を絞った人もいるわけだが。

今や我々全員が、ハイデガーもかつて自らの「住居」を変え、人間的事柄の世界に関与したいという誘惑に屈したことがあるのを知っている。世界との関係において、彼の所業はプラトンのそれよりもいくぶんひどかった。なぜなら暴君とその犠牲者たちは、海の向こうではなく、彼自身の国にいたからである。[★3] ハイデガー自身については、問題は別である、と思う。彼には衝突のショックから学習するのに十分な若さがあった。三七年前の十か月の短い熱病にかかった期間の後で、この衝突によって、彼は元の住居に引き戻され、自分が経験したものを思考の中に定着させることになったのである。

ここで明らかになったのは、彼が「意志への意志」としての、ひいては「権力への意志」としての意志を発見したことである。近代、とりわけ現代において、意志について多くのことが書かれた。しかしカントにもかかわらず、更にはニーチェにもかかわらず、その本性についてあまり多くのことが明らかになっていない。しかしそれは、ハイデガー以前の誰も、こうした本性がいかに思索と対立し、思索に対して破壊的作用を及ぼすか見抜いていなかったということであろう。

そういう状態で思索するには、「放下 Gelassenheit」——晴朗、沈着、落ち着き、リラック

＊6 nephelokokkugia アリストファネスの作品『鳥』の中で、鳥たちが神を人類から引き離すため建設した町。夢想の国のたとえとして用いられる。

スした状態、手短に言えば、「なるようになれ」という性向――が必要である。意志という視点から見た場合、思想家たちは、明らかに逆説と分かっていながら、「私は意志しないことを欲する I will non-willing」と言わねばならない。というのは、「そうすることによって」のみ、つまり我々が「意志から乳離れする」時にのみ、我々は「求めてきた、意志とは異なる思索の本性へと安らいで入っていけるようになる」からである(Gelassenheit, p.32f.[Discourse on Thinking, pp.59-60])。

たとえ自分自身は世界の真っただ中に居住していたとしても、思想家たちを褒めたたえようとする我々にとって、プラトンとハイデガーが、人間的な事柄に参入した時に、暴君や総統＝指導者(Führer)に頼っていたことは衝撃的であり、恐らく、腹立たしいことでさえあるだろう。このことを単に時代の環境のせいにしてはならないし、なおさら、演じられた性格に帰すべきではなく、むしろ、フランス語で職業的歪み(déformation professionnelle)と呼ばれるものに帰すべきだろう。というのは多くの偉大な思想家たちが、暴君的なものに引きつけられたことが理論面から証明できるからである(カントは大いなる例外である)。そしてこの傾向が彼らが現実にやったことにおいて証明できないとすれば、それはもっぱら、彼らの中に、「単純なものを不思議に思う能力」を越えて、「この不思議に思うことを自らの住処として受け入れる」準備のある者がごく少数しかいなかったからであろう。

これらごく少数の人にとっては、とどのつまり、自分たちの世紀の風が彼らをどこに衝き動かしていくのかはどうでもよかったかもしれない。というのは、ハイデガーの思索を吹き抜けた風は――プラトンの仕事から何千年経った後も依然として私たちに向かって吹いてくる風と同様に――たまたま彼が生きた世紀から生じてきたのではないからだ。それは太古に由来するものであり、それが後に残すのは〝完全な〟ものである。それは、（リルケの言葉で言えば）あらゆる完全なものがそうであるように、自らがやって来たところへと戻っていくのである。

★3　今日では――苦々しい気持ちが静まり、とりわけても、数え切れないほど多くの流言が幾分正されたせいで――「錯誤」と呼ばれているエピソードが多々ある。その中にワイマール共和国に関するものが含まれている。この共和国はその内部で薔薇色の光の下で生きた人に対してはその姿を全く開示しなかったが、今日では、その後に続く恐怖の時代との対比で、この時代が薔薇色の光の時代と見倣されている。
更に言えば、ハイデガーの「錯誤」の内容は、その当時一般的に見られた「錯誤」とかなり異なっている。ナチス・ドイツのただ中にいれば、誰しもが「この運動の内的真理」は「グローバルなテクノロジーと現代人の出会い」に在ると思ってしまったかもしれない。(Introduction to Metaphysics, p.166) ――これについては、広範なナチス文献は全面的に沈黙している。ただし例外として、ヒトラーの『我が闘争』の代わりに、(国家社会主義とは異なるもう一つの)ファシズムと実際繋がりを持っていたイタリアの未来主義者たちの書いたものを読んでいた人たちのことを挙げることができよう。

これらの書物の方が読み物として面白いことに疑いの余地はないが、ポイントは、ハイデガーが、ナチス及び反ナチスの双方を含む彼と同世代の他のドイツ知識人たちと同様に、『我が闘争』を一度も読んだことがないということだ。ただし、この本が一体どういうものかに関する誤解も、より決定的な「錯誤」と比べれば、大したことではない。その「錯誤」とは最も重要な「文献」を無視したことではなく、ゲシュタポの地下室と初期の強制収容所の拷問地獄という現実から、(表面的には)より意味のある領域へと逃避したことにある。(ある意味でハイネの伝統に連なる)ドイツの民俗詩人でポピュラーソング・ライターであるロベルト・ギルベルトは、その当時、一九三三年春に実際に起こったことを忘れ得ない四行詩として記述している。

Keiner braucht mehr anzupochen
Mit der Axt durch jede Tür --
Die Nation ist aufgebrochen
Wie ein Pestgeschwür.

斧をもってあらゆるドアに向かって
誰ももはやノックする必要はない
国民は開かれた
ペストの腫瘍のように。

こうした現実からの逃避は、初期の数年間の全ての同調（Gleichschaltungen）よりも、より特徴的で、より永続的なものであることが判明した。（ハイデガー自身は、後になって彼を裁く側に立った人たちの多くよりもいち早く、かつよりラディカルに自らの「錯誤」を正している——彼は、その当時の普通のドイツの文芸・大学生活において予期されるよりもずっと大きなリスクを負ったのである。）無論ドイツ以外のところでも、ヒトラー、アウシュヴィッツ、ジェノサイド、そして恒常的な人口減政策としての「絶滅」について語る代わりに、自らのインスピレーションと趣味に従って、プラトン、ルター、ヘーゲル、ニーチェ、ハイデガー、ユンガー、あるいはシュテファン・ゲオルゲに言及し、恐るべきどん底で生じた現象を、私たちの周囲の人文主義の言葉と観念の歴史でドレス・アップしようとする知識人やいわゆる〝学者〟は至る所にいる。

実際のところ、そうこうする内に現実からの逃避が、職業として花咲くに至った。そしてそれはヒトラー時代及びスターリン時代の文献に認められる、と言うことができよう。後者については、私たちは依然として、スターリンの犯罪はロシアの産業化にとって必要であったという考え方を引き合いに出すことができよう——この「産業化」自体が巨大な失敗であったことが極めて明白になったわけであるが。そして前者においては、我々は依然として、その精神性のどん底といかなる関係もないようなグロテスクなまでに大言壮語的で、洗練された理論を読み取ることができる。そうした経験を通して私たちは、最も偉大な思想家たちのものも含めてあらゆる思考がその堅固さを失い、あらゆる記録され、経験された現実から滑りおちていく運動と諸「観念」の亡霊的領域の中を動き回るようになった。それは諸観念が、まるで雲の形成物のように、簡単に、努力することなく過ぎ去り、互いに混ざり合う領域である。

訳者解説　アーレントの二人の師

「アーレントの二人の師」というタイトルを目にすると、ある程度アーレント通の読者なら、ハイデガー（一八八九－一九七六）とヤスパース（一八八三－一九六九）の二人を思い浮かべるだろう。しかし実際に本書に収録しているのは、アーレントのハイデガー論とレッシング論である。

この二つの論考を選んで一冊の本にした現実的な理由は、私自身が結構前にこれらを翻訳したから――そして、それを一冊にまとめて再刊しませんかというオファーが明月堂書店からあった――であるが、「二人の師」というタイトルは、単純に取って付けたものではない。訳した時はさほど意識していなかったが、ハイデガーとレッシング（一七二九－一七八一）の二人は、アーレントの思考スタイルの主要なモデルになっているのではないかと思う。アーレントの政治哲学を思想史的に理解するうえで、レッシングの影響は決して無視できない。

政治哲学者としてのアーレントの主要著作を一冊挙げるとしたら、間違いなく『人間の条件』（一九五八）である。全体主義の生成プロセスを描いた『全体主義の起原』（一九五一）や、ホロコーストの実務責任者の公開裁判の傍聴記録である『エルサレムのアイヒマン』（一九六三）の方が一般的によく知られているし、読む人の情感に強く働きかけるのは確かだが、これらはあくまで歴史的事実に関する哲学的分析であって、アーレント自身の「人間」観や「政治」観は前面に出ていない。「政治」が行われる「公的領域」において、生物としてのヒトが本当の意味での人間らしさ、「複数性」を獲得する、というアーレント独自の見方が示されるのが、『人間の条件』である。このテクストでは、人間の活動力（activity）の三つの様態としての「労働labor／仕事work／活動action」とか、「公的領域／私的領域」の区別、「はじまり」と「目的」の関係など、専門的な哲学研究者でも頭を悩ますような抽象的な概念が登場する——詳しくは、拙著『ハンナ・アーレント「人間の条件」入門講義』（作品社）を参照。

その『人間の条件』で「政治」の原型としてアーレントは古代ギリシアのポリスを引き合いに出し、ポリスの現実に根差したアリストテレス（前三八四－三二二）の政治哲学を起点に議論を進めている。その意味では、アリストテレスこそがアーレントの最も重要な「師」であるわけだが、当然のことながら、アーレントはアリストテレスの目的論的・共同体主義的な政治観をそのまま引き受けているわけではなく、批判的に検討し、再構成している。その再構成において、ハイデガー的な存在論と、レッシング的な自由論が重要な役割を演じているのではないかと思う。

ハイデガー的思考の影響は、特に「光」としての公的領域と「闇」の領域としての私的領域を対比する図式に見られる。アーレントにとって、政治の領域である「公的領域」は、単に人びとが自分の利益獲得や目的実現のために、他人と交渉し、妥協するための場ではない。各人は、開かれた場の中に「現われ appear」、「公衆 public」の目に晒され、他者に対して――暴力や身体的暴力ではなく――言語と演技によって働きかけることを通して「人格」となる、言い換えれば、「何者であるか who」が明らかになる。「人格」たちは、自分と対等な立場にある他者たちの前での活動＝演技（action）によって、自らの卓越性を示し、輝こうとする。人と人の間の「空間」において、各人格は周囲からの一方的な圧力、物質的なニーズから解放され、自らの考え方や見方を自由に呈示することができる。そして、各「人格」の異なったパースペクティヴが交差することを通して、人間の手で作り出され、人間にとって意味を持つ諸事物――各種の道具や機械、慣習、制度――から成る「共通世界 common world」も立ち現われてくる。

こうした「現われ」の空間としての「公的領域」は、「私的領域」の闇によって支えられている。「私的領域」とは、「家」を中心としたヒトの生物的な営み――衣食住や生殖等――が成される空間である。「私的領域」は、経済的な必要性ゆえに制約を受けており、メンバーの間の関係も対等ではなく、暴力や圧力も働くが、それらは家の垣根に遮られて、「公衆」に知られることはない。「私」の闇によって、生物としてのヒトの属性が覆い隠されていることによって、市民たちは、自由な「人間」らしく振る舞うことができる。

こうした「公＝光／私＝闇」の対比は、「存在」の闇の中から個々の「存在者」が浮上し、光に当てられたように露わになることを、「真理（アレティア）」と（再）定義したハイデガーの議論とパラレルな構造になっているように思われる。「存在」と「真理」をめぐるハイデガーの議論の枠組みでは、ヒトであれ物であれ、何ものも完全に露わになることはない。「存在」の闇を背景として、（「現存在≒主体」の眼の前に）浮かび上がった部分が、そのヒトや物に関する「真理」なのである。光の領域（＝主体の視界）に入ってこないもの、不可視のものたちから成る闇の領域があることを常に示唆することで、ハイデガーは、近代哲学の「主体／客体」図式を解体していく。

「主体／客体」の二項対立図式は、「主体」が自らの理性の働きによって「客体」を完全に把握することが可能であるという前提に立っているが、ハイデガーは、「主体」自身もその半身を「存在」の闇の中に置いており、対象だけでなく、自己自身さえも完全に把握できないことを絶えず想起させる。私たちは、自分自身の欲望や価値が何に由来するのか完全に把握できないし、それらを本当の意味で選択すること、つまり自分のアイデンティティを自分自身で決めることもできない。「現存在 Dasein」（＝「今・此処にあること」）としての私は、自分自身で自分を作り出したわけではない。気が付いた時には、「今・此処」にある私、特定の状況の中に投げ込まれて有る私を発見する。私を「今・此処」に投げ込んだ〝もの〟は、理性の光によって完全に露わになることはない。

この意味で、私は完全には〝自由〟ではなく、その根底において「存在」の闇によって覆われ、「存在」によって規定され続ける。ただし、鉱物や他の生物とは違って、自らが「今・此処」にいることを意識し、それについての問いを発することのできる人間は、これまでの自らの在り方に改めて意味を与えること、そしてそれに基づいて、自らの前に拡がるいくつか可能性の中から自己の将来の在り方を選ぶこともできる——本当に自分の意志で選んでいるか否かは分からない。そうした可能性を秘めながら現に存在していることが、「実存 Existenz」である。「現存在」は、その終点＝目的（Ende）が「死」であり、自らが生まれついた文化的・歴史的環境を選べないという意味で、「目的論 Teleologie」的に方向付けられているが、自らの在り方を意味付けし直し、覚悟を持って生きる余地は残されている。ハイデガーの哲学的歩みは、プラトン（前四二七‐三四七）とアリストテレスによって確立された存在論を核とする西欧形而上学の乗り越えを課題としてきた。当然、人間社会と自然界を貫く、目的論的な連関を論じるアリストテレスの「目的論」を意識していたはずである。ハイデガーはある意味アリストテレスと同様に、人間を形成する文化的・歴史的要因を重視するが、「最高善」を中心とする、人間を含むあらゆる事物の目的論的連関を想定したアリストテレスとは違って、「現存在」が覚悟性をもって、自己自身の可能性の中から最も自分らしい姿を選び取り、未来に向かって「投企」する存在者であること、言い換えれば、既定の目的連関からある程度自由になり得ることを示唆する。

アーレントの政治哲学もまた、アリストテレスを出発点にしながら、脱目的論的な方向性、すなわち、ポリスの人々の生を根底において規定する、「共通善」を中心とした目的論的連関に収まり切らない、新たな可能性を探究する。それをアーレントは「はじまり beginning」と呼ぶ。各人の誕生は、ポリスの中にそれまでにはなかった新たなパースペクティヴ、新たな演技の様式、新たな関係性をもたらし、「複数性 plurality」を増殖させる可能性を秘めている。「複数性」とは、自分のそれとは異なった物の見方をする他の人格が存在することを各人が認め、そうした人格たちの関わり合いの中で、各人の物の見方が変化する余地がある状態である。逆に言えば、「複数性」が成立しているからこそ、新たなメンバーの誕生が、共同体にとっての新たな「はじまり」となるのである。

この［はじまり⇅複数性］をめぐる議論は、「公的領域」における「活動」、市民の間の討論と不可分に結び付いている。単に生物としてのヒトが新たに誕生し、他のヒトと同じ様に衣食住を営み、同じ様な仕事をするだけでは、「複数性」は生じない。生まれたヒトが、言葉や演技を通じて、他者との関係を自発的に構築する「人格」とならない限り、他の動物と同じであり、「はじまり」というべきものはない。何人も、公衆の目の前に輝き出る、「現われる」ことはできない。

ここで注意しておくべきは、「公共性」に対する評価は、ハイデガーとアーレントでは対照的だということである。ハイデガーは、『存在と時間』（一九二七）で、「公共性」を、そこで蠢く「ヒト＝世間 das Man」の振る舞いと結び付けて極めてネガティヴに評価している。〈das Man〉というのは、ドイツ語の一般人称として使われる〈man〉からの造語である。〈man〉は、「男性」を意味する名詞〈der Mann〉や「人間」を意味する〈der Mensch〉と同系列の言葉であるが、小文字で表記され、〈Man spricht Deutsch in Amerika.（アメリカでは英語が話されます）〉とか、〈So was tut man nicht.（そんなことをする人はいない）〉といった使われ方をする。日本語だと主語なし文か、漠然と、「ひとと同じ様に…（wie man...）」と言う時の「ひと」と同じ様な役割を果たす。この〈man〉を発音上は〈Mann〉と同じだけれど、綴りが異なり、かつ中性名詞である〈das Man〉にすることで、ハイデガーは、性別もないくらい無個性で、匿名化した、現存在の頽落した日常的な在り方を表示する。つまり、覚悟をもって自らの「実存」を選び取ろうとするのではなく、世間に無自覚的に溶け込んで、「ひとの言っている」ことをそのまま自分の意見として繰り返し、「ひとがやっている」ように振る舞おうとする在り方である。「公共性 Öffentlichkeit」は、そうした「ヒト」たちが生きる世界である——これについて詳しくは、拙著『ハイデガー哲学入門』(講談社)を参照。ハイデガーにとって、公共圏での「ヒト」のおしゃべりは、「現存在」が「実存」としての自由を発揮する邪魔になるのである。

これに対してアーレントは、既に述べたように、公的領域での言語を介した交渉、討論や演技によってはじめて、ヒトは「人格」となり、目的論的な連関から自由になると考える。彼女は意図的に、ハイデガーの「公共性」評価を逆転させる形で、「公的領域」において他者と対峙してこそ、ヒトは、「人格」としての「はじまり」を経験できるという考えを打ち出したように思える。ドイツ語圏の有力な哲学者・思想家で、「公的領域」における人と人の「間の空間」としての「公的領域」の重要性を説いた者はあまり多くない。人間の思考と言語の不可分の関係や、言語に基づく共同性を強調した哲学者・思想家は少なくないが、言語的な「活動」による「複数性」の獲得と増殖というアーレント的思考に繋がるような考え方を示した思想家は少ない。強いて云えば、カント（一七二四－一八〇四）とレッシングだろう。アーレントは、カントの政治哲学に関する講義で、『判断力批判』（一七九〇）における「共通（同）感覚」論と討論の自由をめぐる政治思想的著作、人類の進歩をめぐる著作との関連を論じている――これについては、拙訳『完訳　カント政治哲学講義録』（明月堂書店）を参照。カントがこの方面での理論的な師であるとすれば、実践面での師はレッシングだろう。

ゲーテ（一七四九－一八三二）やシラー（一七五九－一八〇五）と並ぶドイツ古典文学の完成者の一人であり、劇作家であるレッシングが、『エミーリア・ガロッティ』（一七七二）で専制君主の横暴に抵抗する市民の道徳を描き出し、『賢者ナタン』（一七七九）で宗教間の寛容の意義を強調した啓蒙主義者＝ヒューマニストであることはよく知られている。ある意味〝分かりやすい〟思想家である。本書に収めた論文「暗い時代の人間性について」でアーレントは、レッシングの求めた「自由」が、一人で孤独に生きる人間にとっての何の束縛もない、しがらみのない状態ではなく、市民たちが相互に言葉を通して関わりを持つ「間の空間＝公共圏」であったことを重視している。他者と言葉を介して格闘し、自己の思考様式を獲得・拡大していける状態であることが、（アーレントから見たレッシングにとっての）「自由」の本質である。

このことは、アーレントが本書に収めたレッシング論において「公共圏」における「友情」

を同胞たちの間の「兄弟愛」と峻別していることによって際立ってくる。ナチスの迫害のような、生き残ること自体が困難な時代には、同じ文化・歴史的背景、生活様式、近隣関係を有する者同士が互いに「共感」を抱き、助け合うのは不可欠なことである。しかし、「共感」による関係性を、異なる思考様式がぶつかり合う「公共圏」でのそれと混同し、同胞たちの「兄弟愛」に包まれた〝世界〟が全てだと思い込んでしまうと、「複数性」への開かれた感覚が衰退し、公共空間でこそ生かされる本来の意味での「人間性」を喪失してしまう危険が出てくる。そこに、全体主義的な世界観が入り込んでくる危険がある。孤立した人間の独りよがりの思考でも、同胞愛的な価値観（のみ）による共感・連帯でもなく、「間の空間」が保たれるような、開かれて緊張感のある関係性としての「友情」が必要なのである。レッシングの「ヒューマニズム」は、単に〝人間愛に基づく人類の調和〟を称揚するものではないのである。世界の中で自由に生きることに伴う苦しみに耐えながら、意見の異なる他者と、言語を介して向かい合い、「間の空間」を構築していこうとする姿勢こそが「人間的」である。

最後に、このテーマと少なからず関係のある、最近の出来事について少し触れておこう。NHKのEテレの番組「100分de名著」は二〇一七年九月にアーレントの『全体主義の起原』を取り上げた。私が講師を務めた。幸い、番組も教材のテクストもかなりの反響があったようであるが、ネット上でのこの番組に対する〝好意的なコメント〟の中に、これでいいのかという気がするものがかなり含まれていた――〝露骨に悪意のあるコメント〟とか、番組をちゃんと見ず、テクストも読まない、思い込みによる〝批判〟については、明月堂書店のＨＰ上の『極北』の連載コラムで取り上げることにする。簡単に言うと、「安倍」とか「小池」などの名前を挙げて、それが現在日本を覆いつつある〝全体主義〟の元凶と見なし、それに対抗すべくみんなで声を上げねばならない、というような高圧的な物言いである。現代日本で排外的な傾向が徐々に強まっており、救世主的な強い政治家やカリスマが求められているのは確かだが、「安倍」や「小池」のような特定の個人が政界から消えれば、問題が解決するわけではないし、また、彼らを名指しで激しく批判することによって、批判している人たち自身が全体主義に囚われる危険が少なくなるわけでもない。〝全体主義〟に陥らない方策を、そのように分かりやすくイメージするような陰謀論的な発想こそ危険である。

国家とか民族の誇りを取り戻すことを主張する「右」の思想の方が、そうしたものを相対化ないしは否定する「左」のそれと比べて、全体主義に繋がりやすいのは確かだが、アーレントが『全体主義の起原』の第三巻で論じているように、マルクス主義のような反伝統・反資本主義の思想が、全体主義の母体になった例もある。北朝鮮のように、マルクス主義に基づく建国思想だったはずのものがいつのまにか、民族主義をベースにした全体主義に変質してしまう可能性もある。「全体主義の権化である○○と自分（たち）は△△の点で決定的に異なる」、というような形で自分を免罪するような発想は、アーレントのテクストから出てこないはずである。

二〇一三年に映画『ハンナ・アーレント』でちょっとしたアーレント・ブームがあった時も、同じ様な傾向が見られた。『エルサレムのアイヒマン』でアイヒマンを「凡庸な悪」として描き出したがゆえに、周囲からものすごい非難を受け、ユダヤ系の友人たちを失っても自らの意見を変えなかったアーレントの〝英雄的な態度〟を称賛し、アーレントに倣って、世間の風潮に抗う勇気を持ちたい、と言っていた人がかなりいた。私はそういう風潮をややシラケた気分で見ていた。この人たちは、〝正義の人アーレント〟にストレートに感情移入しているように見えるが、自分自身はアーレントよりもむしろ、〝裏切り者アーレント〟を非難したユダヤ系知識人やそれに共感した人たちに近いとは思わないのだろうか？　死刑判決を受けると分かっているのに、淡々と自分の当時の立場を説明し続けるアイヒマンの徹底した官僚性を見て、自分は万が一あのような立場に立たされたとしたら、どう振る舞うか想像しないのだろうか？にわかアーレント・ファンになるような人の多くは、自分たちのヒーロー／ヒロインだったはずの人が、自分たちにとって〝敵〟だと思える人物を〝擁護〟するかのように見える振る舞いをすれば、とたんに「裏切り者!」「騙された!」「元々そういう奴だったんだ!」、などと罵倒し始めることだろう。反全体主義の闘士が、政権寄り(と見える)発言をするのは許しがたい利敵行為だろう――映画『ハンナ・アーレント』に対する私の見方は、『ハンナ・アーレント「人間の条件」入門講義』の「あとがき」でもう少し詳しく述べておいた。

「複数性」というのは、単なる文化的多様性でも寛容でもない。ましてや、権力者を倒すという大義のための反体制派の大同団結のためのスローガンではない。自分の〝正義〟観からすれば、到底受け入れがたい論を展開する他者が何を語っているか、どういう道徳的原理に基づいて発言しているのか理解すべく努力し、場合によっては、自分自身の価値観や生き方を大きく変えることを甘受しない限り、「複数性」に到達することはできないだろう。

〈著者・訳者紹介〉

ハンナ・アーレント　Hannah Arendt（1906 - 1975）
ニュースクール・フォー・ソーシャルリサーチ教授。政治思想。主な邦訳著書に、『人間の条件』『全体主義の起源』『革命について』『精神の生活』『エルサレムのアイヒマン』他。

インゲボルク・ノルトマン　Ingeborg Nordmann
ドイツに在住のフリーの評論家。専門はドイツ文学、哲学、政治学。
アーレントとマルガレーテ・ズースマンに関する論文多数。
イリス・ピリングとの共編で、"……in keinem Besitz verwurzelt — Hannah Arendt und Kurt Blumenfeld. Die Korrespondenz"（Rotbuch Verlag 1995）を刊行。

仲正昌樹（なかまさ・まさき）
１９６３年、広島県呉市出身。１９９６年、東京大学大学院総合文化研究科地域文化研究専攻博士課程終了（学術博士）。
１９９５～１９９６年、ドイツ学術交流会給費留学生としてマンハイム大学に留学。帰国後、駒澤大学文学部非常勤講師（哲学・論理学）などを経て、２００４年、金沢大学法学部（現法学類）教授。以来現在に至る。

著書
『金沢からの手紙』、『前略仲正先生ご相談があります』、『教養主義復権論』、『２０１２年の正義・自由・日本』、『〈ネ申〉の民主主義』、『寛容と正義』、『ラディカリズムの果てに』、『哲学は何のために』、『Fool on the SNS』など。翻訳にハンナ・アーレント著『完訳カント政治哲学講義録』（以上弊社刊）。『貨幣空間』（世界書院）、『モデルネの葛藤』（御茶の水書房）、『ポスト・モダンの左旋回』（作品社）、『日常・共同体・アイロニー――自己決定の本質と限界』（宮台真司と共著、双風舎、２００４年）、『集中講義！　日本の現代思想』、『集中講義！　アメリカ現代思想』（ともにＮＨＫブックス）、『今こそアーレントを読み直す』、『マックス・ウェーバーを読む』、『ハイデガー哲学入門『存在と時間』を読む』（ともに講談社現代新書）、最新作『現代思想の名著30』（ちくま新書）など多数。他に、作品社による「仲正昌樹講義シリーズ」は『〈学問〉の取扱説明書』以来、最新刊『〈戦後日本思想〉入門講義』まで、一〇冊を数え、いずれも好評を得ている。

アーレントの二人の師 ——レッシングとハイデガー

2017年 12月20日　第1刷発行

著者　ハンナ・アーレント
訳者　仲正昌樹

発行・発売　株式会社 明月堂書店
〒162-0054東京都新宿区河田町3-15河田町ビル3階
電話 03-5368-2327
FAX 03-5919-2442

発行人　末井幸作

装幀　後田泰輔（desmo）
印刷・製本　中央精版印刷 株式会社

ISBN978-4-903145-59-4 C0010 Printed in Japan

仲正昌樹の本

FOOL on the SNS ―センセイハ憂鬱デアル―

●四六判／並製／272頁／本体価格1800円＋税

正体は隠せても嫉妬は隠せない。そんなSNS空間の吹きだまりを徘徊する末人論客を情け無用に著者が斬りまくる！

哲学は何のために

●四六判／並製／208頁／本体価格1600円＋税

学問にとりくむ著者の真摯な姿勢が全編に漲る面目躍如の一冊！

ラディカリズムの果てに

●四六判／並製／240頁／本体価格1800円＋税

左翼的ラディカリズムの限界を厳しく批判。左翼に勧める左翼が左翼を嫌いになる納得の一冊！

寛容と正義 ―絶対的正義の限界―

●四六判／並製／224頁／本体価格1600円＋税

イラク戦争以降ますます鮮明になった敵／味方二元論の限界と無力を説いて、その後の世界を覆う 正義の独善生に疑問を呈す！

教養主義復権論 ―本屋さんの学校2―

●四六判／並製／224頁／本体価格1600円＋税

教養の崩壊、学問の衰退、大学の失墜に抗して大学の外部から今後の教養のあり方を発信するライブ講義を完全収録！